Für Sigi,

eine gute Freundin.

Nina

P.S.: Lass dich nie von deinen
Zielen abbringen!

Nina Großauer

Reizende kleine Geschichten

Bibliographische Information der Deutschen Bibliothek:
Die Deutsche Bibliothek verzeichnet diese Publikation in der Deutschen Nationalbibliographie. Detaillierte bibliographische Daten sind im Internet über http://www.ddb.de abrufbar.
ISBN-10: 3-902514-31-0
ISBN-13: 978-3-902514-31-8

Layout: hpSSatz, Weilerswist
Lektorat: Mag. Birgit Hauck
Umschlaggestaltung: M. Putz
Umschlaggrafik: G. Stöhr
Printed in the European Union

Gedruckt auf umweltfreundlichem, chlor- und säurefrei gebleichtem Papier.

www.novumverlag.at www.novumverlag.de

Für Mama

„Die gute Unterhaltung besteht nicht darin, dass man selbst etwas Gescheites sagt, sondern dass man etwas Dummes anhören kann."

Wilhelm Busch (1832–1908)

Inhalt

Alle Jahre wieder

Es war wieder einmal so weit: Mein Geburtstag musste gefeiert werden, was mir ein Gräuel war.

Es war nicht das Feiern an sich, das mir jedes Jahr wieder Magenschmerzen bereitete, sondern die unsinnigen Geschenke. Und jedes Jahr dieses „Gute-Miene"- und „Jö-ist-das-aber-nett-von-dir-Spiel".

Ich war meiner Mutter sehr dankbar, dass sie mich, vielleicht sogar in weiser Voraussicht, kurz nach Weihnachten zur Welt gebracht hatte, viele Geldbeutel waren zu diesem Zeitpunkt Gott sei Dank zu leer, als dass ich ein Präsent zu befürchten hatte.

Und doch gab es sie, die mir wohlgesonnenen Menschen, denen die Stimme des Gewissens jedes Jahr einflüsterte, mir doch eine Kleinigkeit zukommen lassen zu müssen. So auch dieses Jahr. Mit allerhand Kleinodien, wie man sie nur selten zu Gesicht bekommt: ein Tierbaby-Kalender aus dem Jahre 1997 („Schließlich kommt's ja eh nur auf die Bilder an!"), Tischdeckchen mit fettleibigen Barockengerln, drei Duschgels, deren Duft Essigreinigern der Marke „Ätz mich weg" sehr nahe kam, einen halb verbrauchten Collegeblock („Du schreibst ja so gerne!"), allerlei Krimskrams, wie man ihn gratis für eine Bestellung bei Yves Rocher bekommt, weiters einen Sack voll wollweißem Häkelgarn, für den Fall, dass ich jemals das Bedürfnis haben sollte, mir einen Strick zu häkeln, und nicht zu vergessen das teuerste Geschenk: ein Küchenstolz V-Hobel.

Ein unheimliches Monstrum mit Plastikverkleidung, welches, einmal auseinander genommen („Da gibt es nämlich verschiedene Schneidmesser-Einlagen, mit denen du dann große, kleine, dicke und dünne Würfel, Blättchen und Stifterl schneiden kannst!"), nie wieder zusammengebaut werden konnte.

Endlich, nach langem Leiden und Feiern, fand auch diese Geburtstagsparty ein Ende.

Ich stopfte die mir zugedachten und zugemuteten Geschenke in mein Auto und fuhr nachhause.

Am nächsten Morgen packte ich sie wieder sorgfältig zusammen und fuhr los.

30 Euro bekam ich im türkischen Ramschwarenladen dafür.

So hatte sich dieser Geburtstag doch noch ausgezahlt.

Mandy

Wieder einmal war es so weit: Der Samstagabend nahte – jener Tag, dem Mandy (ihr eigentlicher Name war Manuela, doch in ihren Ohren klang er nicht besonders gut) schon seit einer geschlagenen Woche entgegenfieberte.

Denn jener Samstag sollte ein denkwürdiger werden: Der erste sommerlich warme Abend stand bevor.

Mandy hatte über den Winter unter schlimmsten Anstrengungen extra zehn Kilo abgenommen und heute war es endlich so weit: Die Sommergarderobe konnte endlich zum ersten Mal getragen werden!

Und so kam es, dass Mandy in einem Super-ultra-mega-Mini in hellblau ausgewaschener Jeansoptik, kombiniert mit einem lackroten Trägertop, welches mehr zeigte als verbarg, das im Moment angesagteste In-Lokal der Stadt betrat.

Sie fror zwar ein wenig in ihrem Hochsommeroutfit und ihre Füße in den hochhackigen Stilettos schmerzten höllisch, aber der Erfolg gab ihr Recht und ließ sie ihre Qualen schnell vergessen.

Alle drehten sich nach ihr um: Bauernjungen gab es da, denen die Augen aus dem Kopf zu fallen drohten, schließlich gab es solche Schönheiten mit Sicherheit nicht in jenen kleinen Ortschaften, aus welchen sie stammten; von der Natur etwas benachteiligte Mädchen, die beschämt den Kopf zur Seite drehten in der Erkenntnis, ihr ja doch nie das Wasser reichen zu können, und natürlich sämtliche männliche Wesen der Stadt, quer durch alle Alters- und Sozialschichten.

Sie setzte sich an die Bar – der Mini schob sich noch ein Stück weiter hinauf – und bestellte Tequila in rauen Mengen. Mit jedem Glas wuchs ihr Selbstbewusstsein:

Sie flirtete wild, wiegte ihre Hüften selbstverliebt im Takt der Musik, warf viel sagende Blicke in die Runde und verließ, als die

Morgendämmerung ihr fahles Licht zum Fenster hereinblinzeln ließ, das Lokal.

Der Abend war ein voller Erfolg.

„16-jähriges Mädchen brutal vergewaltigt und erwürgt", stand am nächsten Tag in der Zeitung.

Die perfekte Ehefrau

Eines Abends klingelte es an der Tür. Ein Freund, den ich seit Jahren nicht gesehen hatte, stand draußen. Ich bat ihn, hereinzukommen, obwohl mir bei dem Gedanken, er würde das Chaos zu sehen bekommen, in dem meine Wohnung sich befand, sehr unwohl war. Als ich ihn nach dem Grund seines völlig unerwarteten Besuches fragte, eröffnete er mir, dass er nun verheiratet sei – mit der besten Ehefrau der ganzen Welt.

Neugierig geworden, bat ich ihn, mir von ihr zu erzählen.

Die nun folgende Geschichte ist eine wortgetreue Wiedergabe seiner Geschichte:

„Meine liebe Freundin, ich kann dir gar nicht sagen, wie glücklich ich bin, seit ich J. kennen gelernt habe. So ein liebes Wesen – einfühlsam, verständnisvoll und zugleich wunderschön.

Ich fand sie vor zwei Monaten im Zuge einer meiner vielen Geschäftsreisen in einem kleinen Dschungeldorf nahe der peruanischen Grenze. Sie saß nackt vor der Lehmhütte, die sie mit ihren Eltern bewohnte, und kaute zufrieden an einer Vanilleschote.

Nie werde ich den Anblick dieses primitiven Mädchens vergessen. Ich verliebte mich sofort in sie, hatte aber meine Zweifel wegen des Altersunterschiedes. Sie ist 18 Jahre jünger als ich und normalerweise bin ich frischeres Fleisch gewöhnt. Aber ich war ihr sofort mit Haut und Haaren verfallen.

Höflich stellte ich mich ihr vor und betrat die Hütte, um mit ihren Eltern Bekanntschaft zu machen. Sofort fragte ich, wie viel sie kosten würde – du kennst mich ja, ich bin immer schon sehr direkt gewesen – und war bereit, meine letzten beiden Coladosen, die ich auf meinem Weg durch den Dschungel ausgetrunken hatte, für sie zu opfern.

Nach langen Verhandlungen wurden wir uns einig und ich bekam als Brautzugabe sogar noch ein Kistchen mit Schmuck!

Ich war sehr erfreut über meinen Erwerb und als ich die Hütte wieder verließ, stellte ich mich J. erneut vor, diesmal als ihr Ehemann.

Erleichtert, mit ihren 21 Jahren doch noch einen Mann abbekommen zu haben, noch dazu einen so stattlichen Weißen, der reich war noch dazu, versprach sie mir ewige Treue und Ergebenheit. Stell dir das vor! Wo findet man so etwas denn heutzutage noch?

Ich fragte sie, ob sie harte Arbeit gewöhnt sei, und als sie mit ja antwortete, entließ ich die Lastenträger aus meinen Diensten und packte meine süße kleine Frau voll.

Dankbar, mir zur Hand gehen zu können, lächelte sie mich an und so machten wir uns auf den Weg zum Flughafen.

Ich kaufte ihr auch etwas zum Anziehen, denn nackte Wilde werden ja nicht in Flugzeugen geduldet. Da ich nicht damit gerechnet hatte, zu zweit zurückzufliegen, hatte ich natürlich kein Flugticket für J. Aber sie versicherte mir, dass es ihr nichts ausmachen würde, im Frachtraum bei den Rindern, Hühnern und Ziegen zu bleiben, denn das wäre sie von daheim gewöhnt. So eine umsichtige Frau findet man im ganzen Universum nicht mehr, sag ich dir!

Auch jetzt noch, nach drei Jahren, bin ich vollauf zufrieden mit ihr. Ich würde sie um keinen Preis umtauschen wollen. Sie hilft mir bei der Arbeit, macht die gesamte Hausarbeit und in ihrer freien Zeit sinnt sie darüber nach, wie sie mir eine Freude bereiten könnte.

Seit ich mit ihr verheiratet bin, brauche ich auch viel weniger Geld, denn wir haben die Waschmaschine verkauft, da J. große Geschicklichkeit beim händischen Waschen von Kleidung hat.

In weiser Voraussicht habe ich auch den Fernseher weggebracht, sie würde ja nur verdorben werden von den schändlichen Inhalten, die heutzutage über den Bildschirm flimmern ...

Außerdem ist J. sehr lernfähig. Innerhalb einer Woche konnte sie ihren ersten deutschen Satz sprechen: ‚Darf ich Ihnen noch irgendwie zu Diensten sein, Master?' Mittlerweile beherrscht sie schon einige Sätze. Wann immer ich Zeit finde, hole ich sie aus der Küche und lerne mit ihr. Sie hat sich bereits an das für sie etwas kalte Klima gewöhnt.

Auch den Winter hat sie gut überstanden.

Ich denke, das tägliche Holzhacken um 4 Uhr Früh hat sie gut abgehärtet.

Was im Bett läuft, brauch ich dir gar nicht erst zu sagen ...

J. macht wirklich alles, was ich will, nur manchmal muss ich meine Gerte benutzen, denn zeitweise scheint sie einen Anfall von Faulheit zu bekommen. Aber ich weiß schon, wie ich ihr Beine mache!"

Nach diesem Bericht verabschiedete sich mein Freund wieder, mit der Begründung, er könne ja seine Frau nicht so lange alleine lassen.

Noch lange sah ich meinem Freund nach, der in eine Rikscha gestiegen war, die von einer sehr jungen Frau gezogen wurde, und in der Ferne verschwand.

Sonderangebot

Eines Tages,
wenn die Zeit gekommen ist,
werden fremde Wesen
vom Himmel heruntersteigen,
denn sie werden unsere Sprache gelernt haben.

Sie werden uns erzählen wollen
von wahrem Frieden
und
Sonderangeboten im Supermarkt.

Aber

wir werden nicht mehr da sein,
denn
der große Räumungsverkauf bei Möma
hat begonnen.

Der Entertainer

Freitagnacht, 20 Uhr, Primetime. Man hatte sich zum gemütlichen Beisammensein im Stammlokal versammelt.

Angenehm sollte es werden, man wollte Geschichten austauschen über Vergangenes, von Träumen erzählen – erfüllten und unerfüllten.

So saß man nun um den Tisch, als ER erschien. Komplett in dezentem Schwarz gekleidet mit schwarzem Hut samt Feder und einem Gehstock aus Ebenholz.

Mit einem nonchalanten Lächeln nahm er Platz.

Von diesem Zeitpunkt an war es um die Unterhaltung geschehen. ER bestimmte jedes Gesprächsthema, ließ niemandem die Chance, zu Wort zu kommen.

Die beherzten Versuche der anderen, auch etwas zur Unterhaltung beizutragen, wurden von ihm bereits im Keim erstickt.

Zu jedem Wort, das fiel, hatte er eine noch bessere Geschichte auf Lager.

Die illustre Runde verwelkte zusehends, verkroch sich hinter Bier-Halben und setzte ein Gefrierlächeln auf.

„Ich bin gleich weg, muss noch weiterziehen", sprach ER des Öfteren im Laufe des Abends.

Nach sieben Stunden erhob ER sich, bedankte sich bei seinen Freunden für die anregende und hochinteressante Unterhaltung und entschwebte elegant.

Ihm war im Feuer des Gefechtes entgangen, dass sie sich vor Langeweile ins Jenseits hinübergeflüchtet hatten.

Friedhofsgespräch

Friedvolle, ehrfürchtige Stille herrscht auf dem kleinen Dorffriedhof. Auf jedem Grab leuchtet eine Kerze, es ist wieder einmal Allerheiligen.

Die Bewohner haben sich versammelt, um ihren Lieben, den leider viel zu früh Verstorbenen, zu gedenken. Jede Grabstelle ist prachtvoll geschmückt, keine Kosten und Mühen wurden gescheut, um die anderen zu übertreffen. Jedes Jahr wird dieser Wettkampf ausgetragen, das ist ein ungeschriebenes Gesetz.

Nur ein Grab fällt aus der Reihe: Es befindet sich am Rande, etwas abgelegen. Es ist noch ganz frisch, erst vor zwei Wochen wurde es ausgehoben. Keine der üblichen Friedhofsblumen ist darauf zu sehen, nur ein verwelkter Kranz liegt dort und ein trauriger Engel aus schwarzem Marmor senkt sein Haupt darüber.

Auf einer kleinen Papptafel steht geschrieben: „Geliebtes Kind, viel zu früh hast du mich verlassen, um irgendwo anders ein besseres Dasein zu finden."

„Nicht einmal ein Kerzerl hat sie angezündet, die Rabenmutter", flüstert die seit vier Jahren verwitwete Geheimratsgattin der Pfarrersköchin zu. „Und ich habe gehört, dass sie nicht mal beim Begräbnis dabei war. Vielleicht ist es ihr ja zu sehr zu Herzen gegangen, aber ich weiß", und ihre Stimme wird dabei noch leiser, „dass sie immer schon ein sehr herzloses Frauenzimmer gewesen ist."

„Da haben Sie ganz Recht, Frau Geheimrat", pflichtet ihr die Pfarrersköchin bei. „Sie war sonntags nie in der Kirche und das arme, kleine Kind ließ sie nicht einmal taufen! Unser Herr Pfarrer, der herzensgute Mensch, hat oft versucht, ihr gut zuzureden, aber ... und dass sie gerade heute nicht hier ist – aber na ja, das hat man sich ja sowieso denken können."

Die Geheimrätin nickt. „Den Vater kennt auch niemand, sie wird sich schon sonst wo herumgetrieben haben", zischt sie, sich eilig bekreuzigend. „Und die Sache mit dem plötzlichen Kindstod ... für eine Frau in ihrer Lage, so ganz ohne Mann und dazu noch berufstätig, in einer schäbigen Ein-Zimmer-Wohnung ... da ist ihr der Tod ihres Babys ja eigentlich gerade Recht gekommen. Ich will damit nicht andeuten, dass sie nachgeholfen hat – Gott bewahre – aber ein wenig komisch ist das schon ..."

Drei Tage später findet man die Leiche der Mutter in ihrer Wohnung – mit aufgeschnittenen Pulsadern in der Badewanne.

„Ich hab sie immer gern gehabt, sie war eine so tüchtige junge Frau, schad' is' um sie", flüstert die Pfarrersköchin ihrer Freundin zu, als sie langsam hinter dem Sarg auf den Friedhof zumarschieren.

Fett mit rosa Schleife

Sein majonäseschinkenkäsegefülltes Mohnweckerl, von dem unentwegt der Mohn fiel, kauend, war Chefarzt Dr. Tripper John gerade mit Feuereifer dabei, einem 17-jährigen Teenie-Idol zu einem neuen Rekordbrustumfang zu verhelfen, indem er ihr fünf Liter überschüssiges Fett aus den Oberschenkeln saugte und an obiger Stelle wieder einfüllte.

Nachdem er ihr mit dem überschüssigen Fettgewebe auch noch die Lippen so erotisch wie nur möglich voll gespritzt hatte, verpackte er den Rest in einem Glas, band eine rosa Schleife darum und stellte es auf das Regal zu den anderen, verschieden hoch gefüllten Fettgläsern, um sich dann, zufrieden, ein neues Sexsymbol geschaffen zu haben, wieder seinem Majonäsesnack zu widmen.

weißt du eigentlich …

ich frage dich oft
weißt du eigentlich ...
wie gern ich dich habe
deinen charakter
deine stärken
und auch deine schwächen

weißt du eigentlich ...
dass ich dich beobachte
während du schläfst
und ich so gerne
über die wirklich wichtigen
dinge des lebens
reden möchte
mit dir

und dann fragst du mich
ob ich eigentlich weiß ...

wie spät es ist
und
ob wir das nicht
irgendwann
besprechen könnten
denn du musst jetzt
zur arbeit

Urlaubstrauma
oder
Schokolade und Tigertangas

Lauwarme Schweißtropfen hinterlassen auf ihrem Körper glitzernde Bahnen wie die Schleimspuren der Schnecken.

Am Strand sitzt sie, in dem rot-weiß gestreiften Liegestuhl, ihre Speckrollen sorgfältig drapiert und das fette, schwitzige Haar in Höhe ihrer Schweinsnase zu einem kessen Schweif zusammengebunden.

Der Mund, klebrig von der vielen Schokolade, ist verzückt zu einem Lächeln verzogen – schnaufend sorgt sie dafür, dass die Süße nicht verloren geht. Genüsslich und mit kindlicher Gier platziert sie die Pralinen in ihrem Mund, schließt die Augen und schüttelt sich vor Wohlbehagen.

Plötzlich wirft sich ein Schatten auf sie – ein Adonis: schwarzes, nach hinten geschleckte, pomadiges Haar, muskelbepackt, 3 Kilo Goldketten um Hals und Arme gewunden, schmieriges Zahnpasta-Zuhälterlächeln, der kleine Hintern in einem Tigertanga verpackt.

Quiekend vor Entzücken schlägt sie mit einer anmutigen Bewegung ihre erotisch fettgefüllten Beine übereinander, um sich dann, mit schmachtend verdrehten Kuhaugen, eine weitere Ladung Pralinen hinunterzustopfen.

Eine Familiengeschichte

Hellwach liegt er im Bett neben seiner Frau, die tief und fest schläft. Lange schon findet er nachts keine Ruhe mehr, zu groß ist die Angst. Verzweifelt versucht er, seine Gedanken zu ordnen, an etwas Beruhigendes zu denken. Es gelingt ihm nicht, immer wieder ist da die Angst.

Seit einigen Tagen ist sein Sohn wieder da. Der letzte, der noch übrig ist.

Seine brutale Gewalt und die tyrannische Herrschaft trieben seine Söhne außer Haus.

Für seinen Zweitältesten war es sogar unmöglich, weit fort von ihm Unabhängigkeit und Seelenfrieden zu finden, er ertränkte sich im Bad seiner 2-Zimmer-Wohnung.

Von seinen Töchtern hat er lange schon nichts mehr gehört, auch sie hat er von zuhause vertrieben. Nur seine Frau ist ihm in all den Jahren, trotz der unzähligen Schläge und Demütigungen, treu geblieben. Doch tief in seinem Inneren weiß er, dass sie seinen Tod herbeisehnt.

Er ist groß und kräftig, immer schon gewesen. Umso mehr versetzt es ihn in Panik, dass die Furcht von ihm Besitz ergriffen hat.

Der Grund für seine Angst liegt im Nebenzimmer – sein Sohn A.

Damals war dieser sein Lieblingskind, er ließ es ihn und die anderen deutlich spüren. A. war ein gelehriger Schüler, bereits mit vier Jahren schlug er einem anderen Jungen die Zähne aus, weil ihm dieser sein Spielzeugauto nicht geben wollte.

In all den Jahren erzog der Vater ihn zu einer perfekten Kampfmaschine. Alles, was sich ihm in den Weg stellte, wurde rücksichtslos niedergemäht.

Doch die Natur war grausam. Im Gegensatz zum Vater war A. nicht korpulent, sein Körper verriet mit keiner Faser die Kraft, die in ihm steckte. Niemand konnte ahnen, wann der nächste Ausbruch passieren würde – war A. in einem Augenblick noch ruhig und freundlich, so genügte ein Wort, ein Blick, eine Bewegung, um ihn in Raserei zu versetzen. Kurz: Er war der Stolz seines Vaters.

Doch mit einem hatte dieser nicht gerechnet – A. hatte sich einen Funken Gerechtigkeitssinn bewahrt.

So geschah es, dass A. ihn, als er wieder einmal seine Frau schlug, weil das Abendessen nicht pünktlich auf dem Tisch stand, mit einem freundlichen Lächeln ein Messer an die Kehle hielt und drohte, ihn umzubringen, sollte er noch einmal Hand an seine Mutter legen. Die eilig herbeigerufene Polizei nahm A. in Gewahrsam und einige Tage später wurde er in eine staatliche Besserungsanstalt für jugendliche Straftäter überstellt.

Seit einigen Tagen ist A. nun wieder zuhause – ruhig, in sich gekehrt, geheilt. Doch der Vater, zerfressen vor Angst, liegt nachts hellwach in seinem Bett. Er traut dem Frieden nicht, das Knarren des Bodens versetzt ihn in Todesangst.

Er weiß, dass er nicht so weiterleben kann.

Irgendwann, die Dämmerung wird bald hereinbrechen, nimmt er seinen ganzen Mut zusammen, weckt seinen Sohn, will mit ihm reden, von Mann zu Mann.

Als A. einige Minuten später die Küche betritt, wartet sein Vater bereits auf ihn, mit einer Pumpgun in der Hand und drückt ab – einmal, zweimal, so lange, bis das Magazin leer ist.

„Vater tötet Sohn aus Notwehr", wird tags darauf im Lokalblatt zu lesen sein. Er schläft nun wieder ruhig in seinem Bett, die Gefahr ist vorbei.

Obwohl – seine Frau blickt ihn seit As Tod immer ganz seltsam an ...

Detlef, der Trainer

Ich war entzückt, als der „Trainer" – er hieß Detlef und war Psychologe – mir auf den Kopf zusagte, dass ich eine „bemerkenswerte und äußerst interessante Psyche" hätte und er mich gerne zu einem Gespräch unter vier Augen in seine Praxis einladen würde.

Begeistert sagte ich zu, obwohl mir nicht ganz klar war, warum er, der so viel Wert auf die Bezeichnung „Trainer" legte, eine Praxis sein Eigen nannte und nicht etwa einen Trainingsraum. Doch darüber könnten wir ja bei unserem Gespräch reflektieren.

Ich war sehr froh über sein Angebot, denn seit längerem hegte ich den Verdacht, dass mit ihm etwas nicht in Ordnung sei. Wer kann es schon, ohne einen psychischen Schaden davonzutragen, verkraften, sein Leben mit völlig Wahnsinnigen zu verbringen, ohne auch nur einmal seine richtige Meinung einfach geradeheraus kundtun zu dürfen?

Heute ist Dienstag und ich bin äußerst stolz verkünden zu können, dass ich, wenn auch mit vielen Anstrengungen verbunden, wieder eine Seele vor ihrem sicheren Untergang gerettet habe.

Ich hatte mit Detlef, dem begnadeten Trainer, einen spektakulären Durchbruch erreicht.

Es stellte sich nämlich heraus, dass er gar kein staatlich examinierter Psychologe war.

Im Laufe unserer Sitzungen erfuhr ich seine ganze tragische Lebensgeschichte.

Als er fünf Jahre alt war, entschied sein Vater, ein berühmter und anerkannter Psychotherapeut, dass es bereits hoch an der Zeit wäre, seinem Sohn die Püppchen und Kleidchen wegzunehmen und einen richtigen Buben aus ihm zu machen.

So ging er mit ihm bei Schlechtwetter auf das nahe gelegene Fußballfeld, um Detlefs Fähigkeit als Torwart zu fördern. Dieser war jedoch aus Angst vor Ball und Vater jedes Mal wie gelähmt, sodass er mit den Jahren sicherlich an die 1000 Fußbälle an den Kopf gedonnert bekam und dadurch einen erheblichen geistigen Schaden davontrug.

Als Detlef im Alter von 23 Jahren einem Kind den Ball wegnahm und zerbiss, wurde er in eine psychiatrische Anstalt eingeliefert, in der er die nächsten 20 Jahre seines Lebens verbrachte.

Dort lernte er mit Menschen umzugehen, sie zu manipulieren und ihren Geist zu lenken.

Sein Traum war es, alle Menschen zu verdummen. Deshalb entschied er sich, Psychologe zu werden; den Begriff „Trainer" behielt er als Erinnerung an seine Kindheit bei.

Detlef arbeitet nun seit fünf Jahren als Psychotherapeut.

Sein Angebot, mit ihm zusammenzuarbeiten, nahm ich mit Freude an.

der mann, den ich nicht kannte

der mann, den ich nicht kannte, beschenkte mich nie mit blumen.
niemals vernahm ich den klang seiner stimme,
gab mich zufrieden mit dem kopfnicken, mit dem er mich bedachte,
wenn wir uns begegneten – allein,
umgeben von der tosenden menge nichts sagender,
kreischender mäuler.
uns, die wir uns nicht kannten,
gehörte die welt.

bis er, in einem anfall von so genannter normalität,
sich nach meinem namen erkundigte. in diesem moment
verschmolz er mit der stumpfen menschenmasse,
um sich in ihr misstönendes geschrei zu stürzen, und verschwand.
ich habe den mann, den ich nicht kannte, nie mehr gesehen.

Weihnachtsessen bei den Schwiegereltern

Wie jedes Jahr hatte ich mich – wider besseren Wissens – dazu überreden lassen („Es wär' mir halt schon ein großes Anliegen, Schatzi"), für drei Tage die Eltern meines Lebensgefährten zu besuchen.

Die Hinfahrt war bereits geprägt durch Schweigen, welches regelmäßig nach 50 km von einem kurzen, dafür umso nichts sagenderen Wortwechsel unterbrochen wurde.

„Wir freuen uns aber, dass du schon da bist, Burli!", wurde S., begleitet von feuchten Küssen, begrüßt. „Ah ja, und es ist natürlich auch schön, dass du hier bist."

Knapp erwiderte ich den höflichen Gruß, insgeheim ein schlechtes Gewissen hegend – vielleicht war meine Ahnung unbegründet.

Doch bereits beim Abendessen konnte ich erleichtert aufatmen – nichts hatte sich geändert.

Meinen Wunsch, irgendwo auf dem Weg zum urig-kitschigen Bauernhaus meiner Schwiegereltern stehen zu bleiben, um ein vorgezogenes Abendessen einzunehmen, schlug S. mit den Worten „Aber geh, tu nicht jetzt schon so zickig" ab und so kam es, dass wir beide ziemlich hungrig das versprochene Abendessen kaum abwarten konnten.

Pünktlich zum siebten nervtötenden Jodler des Plastiktrachtenehepaares, welches sich mit leisem Quietschen aus der billigen Kopie einer Schwarzwälder Kuckucksuhr, Marke „Made in Taiwan" schob, wurden etliche dampfende Schüsseln auf den Tisch gestellt.

Schweinebraten gab es da, dazu Semmel-, Grieß- und Kartoffelknödel, Sauerkraut, Gebäck sowie eine große Platte mit Gemüse.

Artig wartete ich, bis jeder seinen Teller gefüllt hatte. Gerade wollte ich nach der Fleischgabel greifen, als die Dame des Hauses mir mitteilte, dass sie – extra für mich – etwas anderes hätte. „Geh, sei doch so lieb und hol es dir, ich hab in der Eile vergessen, es dir bereitzustellen. Im Kühlschrank im untersten Fach ist es."

Eine Minute später konnte ich mein Mahl bereits auf meinem Teller bewundern.

Eine vegetarische Frühlingsrolle war es einmal gewesen, denn gut ein Drittel war einfach nicht mehr da.

„Ist eh mit dem Messer weggeschnitten, wir wissen ja, wie heikel du bei solchen Dingen bist. Außerdem isst du ja nie viel, da passt das gerade!"

Höflich bedankte ich mich, schließlich wollte ich es mir ja nicht mit den es sicherlich gut meinenden Schwiegereltern verscherzen.

Tags darauf beim Frühstück wieder dasselbe, nur dass anstatt der Frühlingsrolle nun die vertrocknete untere Hälfte einer altbackenen Semmel mir traurig entgegenblickte.

Schlimmes ahnend, nahm ich mir vor, dass ich von nun an nicht mehr hungern würde.

Da es mir jedoch mein Stolz verbot, S.' Eltern anzubetteln, musste ich geschickt und im Verborgenen vorgehen.

Bereits beim nächsten Essen zeigte meine Strategie Wirkung und mein Frühstück am nächsten Morgen, ein Viertel einer bräunlichen Banane, konnte ich beim besten Willen nicht aufessen.

Ich war glücklich. Man verhungert zwar nicht in nur drei Tagen, aber mir schien es, als wäre ich nur knapp der sicherlich sehr großen Qual eines Hungertodes entronnen.

Trotzdem war ich froh, als es am Abend des dritten Tages wieder heimwärts ging. Es war zwar niemandem aufgefallen, aber bei der Hauskatze machte sich bereits ein sichtbarer Gewichtsverlust bemerkbar ...

Es wird wieder Weihnachten werden

An irgendeinem dieser endlosen Dezembertage saß ein Mann daheim an seinem Tisch vor dem Billig-Adventkranz, dessen Kerzen noch nicht angezündet worden waren, obwohl es schon lange Zeit dafür gewesen wäre, mit einem traurigen Weihnachtslied im Hintergrund im Wohnzimmer und starrte aus dem Fenster in die sich blau-schwarz heruntersenkende Nacht, die gerade dabei war, auch das letzte Stück helleren Himmels zu verschlucken.

Das Lied war schon lange zu Ende, was der Mann allerdings nicht bemerkte oder zumindest ignorierte, als der letzte helle Fleck Himmel endlich auch Teil der Nacht geworden war und die umliegenden Wälder und Hügel sich nur mehr als noch schwärzere Schatten, deren Umrisse nicht klar begrenzt waren, vom übrigen Nachthimmel abhoben.

Während der Mann aus seinem Fenster starrte, gedankenlos und doch seltsam konzentriert, beschloss er, eine Weihnachtsgeschichte für all die Menschen, die an diesem Feiertag genauso alleine sein würden wie er, zu schreiben. Er spulte die Kassette mit dem traurigen Lied an den Anfang zurück, griff sich Papier und Bleistift und setzte sich wieder vor seinen Kranz, dessen Kerze er nun angezündet hatte, um ein wenig freundliche Stimmung in sein Zimmer zu lassen, und war bereit, mit dem Schreiben zu beginnen.

Auf der Suche nach einem geeigneten Gedanken für den Anfang starrte er abwechselnd in die kühle Dunkelheit draußen jenseits der Fensterscheibe und auf die kleine Flamme, die unruhig hin und her flackerte, als wäre es ihr unangenehm, von diesem einsamen Mann betrachtet zu werden, und bemerkte dabei, dass das Licht der Lampe sich nicht gut mit der Kerzenflamme vertrug.

Er löschte die Kerze aus.

Nun saß der Mann da, im nackten, kalten Licht der Lampe, das ihn zwar störte, er aber brauchte, wollte er eine Geschichte verfassen, ohne seine Sehkraft dabei zu verlieren, und konnte keinen klaren Gedanken fassen.

Der Mann ignorierte schließlich seine Bedenken bezüglich des Verlustes seines Augenlichtes und knipste das Licht aus, die Kerze zündete er jedoch nicht an, um alleine mit dem Dunkel der Nacht auf Gedankensuche zu gehen, was ihm aber auch nicht gelang, da das weiße Blatt Papier ihn anstarrte und ihn ob seiner Unfähigkeit zu verachten schien.

Endlich hatte der Mann einen Anfang und ein paar weitere Sätze niedergeschrieben, als er, nicht völlig überzeugt von der Qualität seiner bisher zu Papier gebrachten Gedanken, begann, das zuvor Geschriebene noch einmal durchzulesen und dabei wieder jeden Satz mit mehreren dicken und verzweifelten Strichen durchzustreichen.

Noch lange saß der Mann, schrieb und strich durch, schrieb wieder und strich wieder durch, bis er, nicht mehr fähig, auch nur ein weiteres Wort zu schreiben, den Stift sinken ließ und resigniert auf das Papier starrte, auf dem ein einziger Satz stand, der, umgeben von Textstücken, die nun genauso aussahen wie die Nacht draußen, ihn mit jedem einzelnem Wort richtiggehend hämisch auszulachen schien:

„ES WIRD WIEDER WEIHNACHTEN WERDEN", stand da in großer Schrift, boshaft und anklagend, wie ein unumstößlicher Urteilsspruch, vor dem es kein Entrinnen gibt.

Der Mann starrte noch eine Zeit lang auf das Papier, stellte fest, dass sein Versuch, anderen Einsamen zu helfen, kläglich gescheitert war, gab sich schließlich einen Ruck und legte das Blatt zur Seite, fast aus seinem Blickfeld, nur aus den Augenwinkeln konnte er es noch sehen. Dann setzte er sich wieder an seinen Platz vor dem Billig-Adventkranz und starrte hinaus in die Nacht, die nun auch schon die Wälder und Hügel verschluckt hatte, lauschte dem traurigen Weihnachtslied, das schon in seinen letzten Takten lag, dachte an nichts und wartete darauf, dass es wieder Weihnachten werden würde.

Von der hohen Kunst der Konversation

Da mir von verschiedensten Seiten und wiederholt vorgeworfen worden war, ich sei kein „geselliger Typ" und unhöflich schweigsam noch dazu, beschloss ich, der Menschheit etwas Gutes zu tun und mein Verhalten grundlegend zu ändern.

Da sitze ich nun, gesellig in einer geselligen Runde im Kreis der Schwiegerfamilie, und lasse meinen Charme spielen.

Eine anmutige Drehung nach links wende ich mich der hochschwangeren Schwägerin zu: „Ach, bist du leicht schwanger? Ahaaaaa ... höchst interessant. Achter Monat? Wie nett. Wie lang ist man denn so durchschnittlich trächtig? Neun Monate? Moment, lass mich nachrechnen."

Eine kunstvoll eingefügte Pause lässt die Schwangere vor lauter Anspannung fast schon das Kind – „Es wird doch ein Kind, oder?" – gebären, als ich endlich herausplatze: „Dann bleibt dir also noch ein Monat übrig, stimmt's?", begleitet mit einem vor Charme überschäumenden Lächeln.

Die Frage, ob es den beiden gut gehe, wird zu meinem Leidwesen bejaht, das Bild des Ungeborenen, welches im Mutterbauch herumsitzt und aus Langeweile Mutterns Eingeweide zerwühlt, wird erbarmungslos zerstört und weicht dem grotesken Bild einer nackten Frau mit vom Hals bis zu den Knien reichendem Babybauch, die ungelenk und Hand in Hand mit dem Mann und Kindern über tschernobylgrüne Auen hüpft und dabei eine von ihrem Keuchen unterbrochene Melodei singt.

Ich wende mich an die Dame in den ewigen Mittvierzigern, die ich mit einer Portion Glück einmal „Schwiegermutti" nennen darf (noch besser gefiele mir eigentlich „Mama", aber es wäre vermessen von mir, zu erwarten, dass ich so hoch im Ansehen steigen würde, um in die geheiligte „Mama-Sphäre" gelangen zu können).

„Schwiegermutti, ach Schwiegermutti, hast du mich lieb? Das ist schön. Und, ist die Pension angenehm? Ach, die Betreuung des kleinen Leih-Enkelkindes hast du aufgegeben?"

Das befriedigende Bild des Einjährigen mit dem Wasserkopf, der nun mutterseelenallein in einem riesigen, schmutzigen Haus hockt und „ah" sagt (zu etwas anderem ist er nicht fähig) taucht in meinem Kopf auf.

„Und, freust du dich schon, deinen hoffentlich noch recht langen Lebensabend in dem typisch urigen Holzhaus in Tirol verbringen zu dürfen? Nein? Ach, wie nett!"

Ein gluckerndes Lachen von mir gebend, entschwinde ich in meine Gemächer, eins mit mir selbst und glücklich, nun auch endlich zu den Geselligen dieser Welt zu gehören.

Farben

ich möchte deinen grünen Atem spüren
den sanften Druck deiner gelben Hände
und Blumen blau malen
mit deiner Ausstrahlung
mich von deiner sattroten Stimme
weit forttragen lassen ...

Unsere Drogenhunde

Sehr verehrter Leser, viel geschätzte Leserin!

Auch Sie haben sicherlich bereits von ihnen gehört, den getreuen und überaus scharfsinnigen Schäferhunden der Drogenstaffel, die unsere tüchtigen Beamten tatkräftigst unterstützen. Wer weiß, wie viele Kilogramm Drogen unser schönes Land in den Untergang stürzen würden, wenn es sie nicht gäbe.

Doch nun ist leider die traurige Wahrheit ans Licht gekommen. Haben Sie sich noch nie Gedanken darüber gemacht, weshalb diese Hunde jede Art von Drogen aufzuspüren in der Lage sind?

Nicht, weil sie so gut ausgebildet wurden, nein. Sie alle sind in höchstem Grade drogenabhängig!

In früheren Zeiten versuchte man zwar, ihnen jenen außergewöhnlichen Drogen-Geruchssinn anzutrainieren, doch die Erfolgsquote war nicht sehr berauschend.

Ein Schäferhund jedoch, der nach einem Kick lechzt, ist eine viel effektivere Methode: Er vermag auch jede noch so kleine Menge an bewusstseinsverändernden Substanzen aufzuspüren – als Belohnung für jeden Fund bekommt er ein „besonderes" Leckerli.

Den nicht mehr zu gebrauchenden, ausrangierten Hunden versetzt man den goldenen Schuss und tauscht sie einfach gegen ein neues Exemplar aus.

Und niemand merkt etwas davon. Schließlich ist auch der erste, ursprüngliche Kommissar Rex schon längst in Pension geschickt worden und sein Amtsnachfolger gleicht aufs Haar dem Original.

Wahrscheinlich ist das mit den Schäferhunden genauso wie mit den Chinesen: Die sehen für uns doch auch alle irgendwie gleich aus.
Zu guter Letzt noch ein kleines Detail am Rande: Seit einigen Jahren gibt es ein neues Körperpflegeprodukt. Rexona heißt es und verspricht 24 Stunden Frische. Vielleicht erraten Sie ja, wie oder besser gesagt woraus es hergestellt wird?!

ich

ich bin das namenlose gesicht
in der menschenmenge
an dem du wortlos vorübergehst
dein spiegelbild
dessen gesichtszüge du besser kennst
als deine eigenen

ich bin der gedanke
der dir entgleitet
weil du zu intensiv nach ihm suchst
ein sinnloses wort
das sich unauslöschlich
in dein bewusstsein gebrannt hat

ich bin deine hand
die zärtlich ein gesicht berührt
und über fremde haare streicht
das auge
in das du blickst, tag für tag
ohne jegliche emotion

ich bin die wärme deines körpers
vor der du fliehst
wenn du nicht schlafen kannst
die kälte
deren fordernde umarmung
du zu erzwingen versuchst

ich bin dein eigenes ich
und kenne dich besser
als du glauben willst
ich bin die fremde
die dich jeden tag sieht
und doch nichts von dir weiß

du

es zieht meinen körper
hinab in die dunkelheit des schlafes
doch der gedanke an dich
lässt es nicht zu

mein geist möchte
in ungeahnte höhen streben
allein die kraft deiner persönlichkeit
hält mich am boden

wende ich mich ab
genügt ein blick
und ich bleibe
denn meine seele gehört dir

suche ich deine nähe
weist du mich ab
mit einem lächeln
das grausamer nicht sein könnte

du spielst mit mir
kontrollierst mich
ich stehe ganz in deinem bann
und ich kann mich nicht wehren

gegen dich, den
Fürsten der Finsternis
Herrn des Lichts
Engel oder Dämon

– was immer du sein magst

Der Menschen Tugend ist die Höflichkeit

Als die gut gekleidete Dame mit den weniger guten Manieren und ihren hochhackigen Stilettos auf meinen kleinen Zeh trat, blieb ich höflich und wisperte ein „Macht nichts", denn schließlich war ja nichts Schlimmeres passiert und die Wunde würde sicherlich bald wieder heilen.

Als die Frau des Geheimrates – sie hatte wirklich einen bezaubernden Titel geheiratet – mir den vom Abmagern etwas spitz gewordenen Ellbogen in die Seite rammte, um den besten Platz am Buffet zu ergattern, ließ ich ihr den Vortritt, schließlich würde später auch noch etwas übrig sein.

Als der gestresste Familienvater, vollbeladen mit Tüten und Kinderwagen, mich vom Gehsteig stieß, sagte ich nichts, denn er hatte es bestimmt nicht verdient, auch noch von mir belästigt zu werden.

Es ist doch schön, in einer Stadt zu leben, wo Rücksichtnahme und Höflichkeit noch groß geschrieben werden ...

„Jetzt haben wir uns wieder lieb“

Türen fallen krachend ins Schloss, man schreit sich durch sie hindurch an. Die zum Schneiden dicke Luft wird dazu benutzt, sich gegenseitig zu ersticken.

Wenig später kehrt Stille ein. Die Ruhe vor dem alles zerstörenden Sturm oder ein In-sich-Kehren?

Sie denkt nach und das Gesagte tut ihr bereits wieder Leid. Es war ein harter Tag gewesen, der ihre Nerven blankgelegt hatte. Ein falsches Wort und der Albtraum hatte begonnen. Doch nun fühlt sie Reue.

Grübelnd, wie sie sich ihm mitteilen könnte, entschuldigt sie sich, in der Hoffnung, ein klärendes Gespräch würde dadurch zu Stande kommen.

„Jetzt haben wir uns wieder lieb“, antwortet er, eins mit sich und der Welt. In diesem Moment zerbricht etwas tief in ihrem Inneren und sie fühlt wieder Zorn und Unwillen aufsteigen.

Beides schluckt sie hinunter und erneut stirbt ein Stück ihres Stolzes.

Doch das Wichtigste ist, dass sie sich jetzt Gott sei Dank wieder lieb haben.

Grün

Es war ein schöner Tag, an dem die Pflanzen grün waren und die Ameisen krabbelten. Zufrieden fristeten sie ihr Dasein – bis zu dem Moment, als der Rasenmäher kam und diesem sinnlosen Treiben ein Ende bereitete.

Lächeln

Als ich, am Boden zerstört, verzweifelt und den Tränen nahe, den Aufzug betrat, begegnete mir ein unbekannter Mann, der mir sagte, dass jeder Mensch es wert sei, geliebt zu werden.

Dann verschwand er.

Die Träne, die meine Wange herunterlief, abwischend, schloss ich die Tür auf, mit einem zaghaften Lächeln.

Im Kabarett

Unruhig sitzt die Menge im Saal. Rauchen verboten? Macht auch nichts, ist man doch sowieso zu aufgeregt, um die Zigarette genießen zu können. Man ist bereits 1½ Stunden vor Beginn der Vorstellung da, um den reservierten Tisch auch ganz sicher noch okkupieren zu können.

Nach schier unendlichem Warten – man glaubt kaum, wie schwer 90 Minuten ohne den beruhigenden Einfluss einer Zigarette zu ertragen sein können – wird das Licht gedämpft. Erwartungsvolle Stille.

Eine Minute vergeht, weitere 10 Sekunden, 11, 12 ...

Erleichtertes Gelächter, als die beiden Conférenciers endlich erscheinen. Glücklich, einen guten Einstieg geschafft zu haben, beginnen sie mit ihrem Programm.

Im Saal wird es heiß. Die Menge schwitzt in Erwartung der Schmähs. Die beiden verstehen es, mit dem Publikum zu spielen.

Der erste Höhepunkt bahnt sich an.

„PUDERN!“, schreit der eine, einen Betrunkenen mimend, und die Masse grölt. „PUDERN!“, und sie ist außer sich. „PUDERN! PUDERN! PUDERN!“ Die Zuschauer sind nicht mehr zu halten. Minutenlange Standing Ovations – das ist es, was die Masse will!

Die Darbietung geht weiter, doch die rechte Stimmung will nicht mehr aufkommen. Ein aus dem Zusammenhang gerissenes „PUDERN!“ und schon ist sie wieder am Brodeln.

„Ein brillantes Programm“, wird am nächsten Tag in der Zeitung stehen. „Ganz am Puls der Zeit und trotzdem mit Tiefgang. Ein gelungenes Meisterwerk!“

Aber echt.

traum

wenn die nacht hereinbricht
dunkel und kühl
dann ist es zeit

wenn alles ruhig ist und die gedanken fliegen
lautlos und uns umschwirrend, einhüllend
dann ist es zeit

zeit, das licht anzumachen
und die zeit nicht mit träumen vergeuden

Ein Hoch auf das Brautpaar

Mit einem Schmunzeln las ich bereits zum zehnten Mal die Einladungskarte, die mit viel Liebe und noch mehr Kreativität gestaltet worden war.

„Wir trauen uns", stand da in giftgrüner Schrift auf dem gelbgrau gemusterten Elefantenhautpapier geschrieben.

Ich war nicht sicher, ob ich für die beiden Hochachtung ob ihres brillanten psychologischen Einfühlungsvermögens oder doch nur Amüsement (vielleicht war ihnen nicht bewusst, welche Botschaft sie mit dieser Karte transportierten) verspürte.

Nach nochmaligem Lesen entschied ich mich für Zweiteres.

Zufrieden, immer noch mit einem Lächeln auf den Lippen, sinnierte ich über die Bedeutung dieses Schreibens nach.

Zwei „Liebende", die nach 20 Jahren des eher weniger harmonischen Zusammenlebens nun aus finanziellen Gründen heiraten. In Giftgrün, das die Vorfreude perfekt ins rechte Bild rückt. Geschrieben auf dem Elefantenhautpapier – wenn man schon heiratet, soll es doch etwas Besonderes sein, inklusive der Einladungen.

Der Tag der Trauung war perfekt.

Regen und 15 °C, viel zu kalt für diese Jahreszeit – hoffentlich hatte die Braut nicht vergessen, ihre Haarpracht mit Drei-Wetter-Taft zu traktieren, schließlich könnte es ja auch noch zu hageln beginnen.

Mit obligater Verspätung, um mich ins rechte Licht zu rücken, traf ich ein.

Das exklusive Grüppchen stand bereits versammelt unter dem Vordach des Standesamtes.

Da man es in der Hektik verabsäumt hatte, mich zu informieren, trug ich als Einzige kein leichtes Sommerkleidchen mit den passenden zehenfreien Sandalen; der Anblick der frierenden Frauen erwärmte mein Herz!

Die Trauung selbst verlief ereignislos, sah man von dem Vokuhila-Standesbeamten, der Albert Camus zu einem Deutschen machte, und der Tatsache, dass der stolze Bräutigam beim Unterschreiben der Heiratsurkunde seinen Namen falsch schrieb, ab.

Nach dem üblichen filmreifen Kuss, der von den Anwesenden an die 50-mal auf Bildern festgehalten wurde, ging es auf zum „urigen Wirt'n", wo man daranging, mithilfe von diversen Alkoholika dem Brautpaar lustige Episoden aus der Vorwärmphase zu entlocken.

Als Beilage gab es das übliche Backhendl und nachdem man gesättigt war, begab man sich in die Stadt, um sich in einer etwas „hipperen" Umgebung gepflegt zu unterhalten (die Brautleute gaben sich sehr jugendlich).

Vornehm süffelte die Brautgesellschaft an Bier, Wein, Schnaps und Cocktails – und ich, an meinem Cola nippend, darunter.

Gegen acht Uhr wurde es lustig, um zehn Uhr laut, bis die allgemeine Stimmung um elf Uhr ihren Höhepunkt erreichte und die meine unter dem Nullpunkt lag.

Mit Entsetzen beobachtete ich die Verwandlung der Feiernden in eine Horde von hirnlosen Kreaturen. Die Weiber kreischten und gackerten lauthals und das einzige Gesprächsthema war – klarerweise – Sex.

Die Männer grölten Geschichten von Blähungen und Darmentleerung in die Runde.

Der Abend ging furios zu Ende, als drei der verbliebenen Anwesenden gleichzeitig von ihren Stühlen kippten und sich auf den Boden erbrachen.

Angewidert, doch zugleich zufrieden gestellt, begab ich mich auf den Heimweg, nicht jedoch ohne mich zuvor mit den Worten „Ein Hoch auf das Brautpaar" zu verabschieden.

der leuchtende ball

im vorübergehen erblickte ich einen mann,
der konzentriert versuchte, den leuchtenden ball,
der vor seiner nase schwebte, zu erhaschen,
den außer mir und diesem mann niemand zu bemerken schien.
als die handlanger der herren doktoren der nervenklinik ihn
in gewahrsam nahmen, um ihn,
diesen potenziellen irren, aus dem verkehr zu ziehen,
lachte der mann, den ball fest in der hand haltend,
immer noch.
mit dem wunsch, auch – und sei es nur einmal
in meinem leben – glücklich zu sein, machte ich mich auf die suche
nach meinem eigenen leuchtenden ball.

gefunden habe ich ihn bis heute nicht.

Im Kaffeehaus

Die auf ihn gerichteten Blicke nonchalant ignorierend, sieht er sich um in jenem etwas feineren Kaffeehaus, nach einem angemessenen Sitzplatz nämlich, der es ihm erlaubt, die mitgebrachte, etwa 2 x 3 Meter große Zeitung bequem lesen zu können.

Kein leichtes Unterfangen, schließlich sind alle Tische unbesetzt.

Wie ein Hai umkreist er sie, um sich endlich an einem (es ist derselbe wie immer) niederzulassen.

Es ist ein schöner Tisch, das noch nicht wärmende Licht der Sonne fällt in perfektem 46°-Winkel darauf.

Er nimmt die Alu-Hornbrille von der Nase, drapiert sie kunstvoll neben die Melange, die ihm als Stammgast natürlich prompt und ungefragt serviert wird.

Dann entblättert er in kompliziertem Ritual die Zeitung, überfliegt die Schlagzeilen, blättert vor und wieder zurück. Den Sportteil hat er vorsorglich beiseite gelegt – mit solch proletarischem Geschwätz gibt er sich nicht ab.

Die nach der Tasse greifende Hand tappt ins Leere. Verstohlen um sich blickend, streicht er über seinen imaginären Ziegenbart, um dem in ihm aufsteigenden Schamgefühl ein Ventil zu bieten.

Kunstfertig wird das Nachrichtenungetüm wieder zusammengefaltet.

Er blickt nun um sich. Nur ein einzelner Gast ist anwesend, vertieft in ein Gespräch mit sich selbst, so scheint es. Erst nach längerem Hinsehen entdeckt er das Headset.

Schnell trinkt er seine Melange aus und verlässt gemessenen Schrittes das Café auf der Suche nach einer geeigneteren Bühne für seine Intellektualität.

der mann im mond

der mond über mir; ich breite meine arme aus und wachse in den
himmel. begegne dem mann, der auf diesem kalten stück fels lebt.
er hat das lachen längst verlernt, seine seele ist erfroren,
denn er hat noch nie die sonne gesehen.
er lebt von den blicken der menschen, die zu ihm aufschauen,
doch niemals machte sich jemand die mühe, zu ihm aufzusteigen.
schweigend stehen wir uns gegenüber. er blickt mich an, kalt,
ausdruckslos – bestohlen jeglicher menschlichen regungen.
ich öffne mein herz, schenke ihm meine ganze liebe,
doch er wendet sich ab von mir, kehrt mir seinen rücken zu.
enttäuscht ziehe ich mich in mich zurück, habe es aufgegeben,
ihm leben einzuhauchen, als er sich wieder umdreht,
mit einem leisen lächeln auf seinen lippen, und nur ein wort spricht:
„bleib."
seit dieser nacht leben auf dem mond zwei menschen
und senden ihre liebe hinab zu denen,
die auf der erde geblieben sind.

Who's that girl?

„Who's that girl?", fragte sich der geschniegelte Feschak geschmeichelt, als er von einer ihm unbekannten, wunderschönen Frau nach seinen Wünschen gefragt wurde.

Er kam nie dahinter, dass es nur die Kellnerin gewesen war, die bloß ihren Job machte.

Krieg

KriegKriegKriegKriegKriegKriegKriegKriegKriegKriegKriegKrieg
KriegKriegKriegKriegKrieg
KriegKriegKriegKriegKriegKriegKriegKriegKriegKriegKriegKrieg
KriegKriegKriegKriegKrieg
Krieg
Krieg ich mein Erdbeereis?

An die Frauen dieser Welt

Es ist wieder einmal Zeit für eine Trendwende! Viel zu lange schon waren wir auf dem Weg der Emanzipation. Wir Frauen sollten endlich vernünftig werden und auf unsere Männer hören: zurück in die Küche!

Es ist an der Zeit, unseren Fehltritt der Emanzipation zu bereuen und uns wieder auf unsere eigentlichen und angeborenen Tätigkeiten, wie sie der weise Schiller schon beschrieb, zu besinnen! Weg mit der karrieregeilen Emanze, die aufs Kinderglück verzichtet, nur um immer mehr Geld zu scheffeln; fort mit den Weibsbildern, die sich unter Vortäuschung von – sowieso total undurchsichtigen – Gründen wie Einsamkeit, des Gefühls, betrogen worden zu sein, oder einfach aus Böswilligkeit von ihren sie liebenden Beschützern scheiden lassen.

Wir sollten endlich unseren Fehler eingestehen und Demut zeigen.

Erinnern wir uns an die schöne Zeit unserer Ahninnen! Es gibt nichts Schöneres auf der Welt, als mit einem Kind auf dem Arm – die anderen vier schon groß genug, um auf dem Boden zu spielen –, die Haare, fett und strähnig, zu einem legeren Knoten aufgesteckt, am Herd zu stehen und emsig für unseren, von uns vergötterten Mann, der nach harter Arbeit ein Recht darauf hat, von seiner Frau, die sowieso den ganzen Tag nichts zu tun hat, ein opulentes Mahl vorgesetzt zu bekommen, zu kochen.

Die Zeit, die uns als Hausfrau, Mutter und Krankenschwester neben unseren niederen und selbstverständlichen Tätigkeiten wie Kochen, Putzen, Waschen, Kinder erziehen, Taxi spielen und Handarbeiten noch übrig bleibt, sollten wir sinnvoll dafür verwenden, unseren treuen und fürsorglichen Männern zu helfen, unser Heim zu verschönern und unser Scherflein zum Familienbudget beizutragen, anstatt uns auf die faule Haut zu legen und in den Tag hineinzuleben.

Es wäre eigentlich auch unsere Pflicht, unseren Männern das Leben so bequem wie möglich zu machen, da sie es schließlich sind, die uns am Leben erhalten, es erst richtig lebenswert machen!

Wenn er nachhause kommt, sollte er sich nicht mit lästigen Nebensächlichkeiten – wie mit den Kindern zu spielen, den Tisch zu decken oder gar beim Kochen des Essens mitzuhelfen – gar nicht erst ärgern müssen. Vielmehr wäre es nur recht und billig, unseren Männern mit der angebrachten Demut gegenüberzutreten – aufmüpfiges Verhalten, Szenen oder das Hinausschreien der eigenen Meinung sollten tunlichst vermieden werden. Wir, das schwache Geschlecht, müssen ein Entrinnen aus unseren hirnlosen, selbstständigen Gedanken finden.

Es ist nur recht und billig, zu versuchen, unseren schwer arbeitenden Männern das Dasein so schön wie nur möglich zu gestalten.

Wenn also unsere Beschützer und Ernährer heute Abend heimkommen, sollten wir ihnen ihre Pantoffeln bereitstellen und ihnen ihr Lieblingsfernsehprogramm einstellen, sowie sie mit ausreichend Bier versorgen und spät am Abend, nach dem Fernsehen und den ehelichen Pflichten, kurz bevor sie in ihren wohlverdienten Schlaf fallen, sie um Verzeihung bitten und versprechen, dass in Zukunft alles, alles besser werden wird.

Am Mittagstisch

Der Mann, der beim Mittagstisch saß, umgeben von liebsorgender Frau und reizenden Kindern, zog eine Pumpgun aus der Innentasche seines Trachtenanzuges hervor und erschoss seine Familie, da er dieser unerträglichen Nettigkeit ein Ende bereiten wollte.

„… Heimat, bist du großer Söhne!"

In dicken Lettern stand es im hochinformativen und qualitativ noch höherwertigen Lokalblatt zu lesen: „Stadt würdigt neuen Künstler." Sogar ein Foto war dabei – Ferdi hatte lange geübt, zuhause vor dem Spiegel, für jene Pose, die ihn intellektuell und sexuell-animalisch zugleich wirken ließ.

Ferdi war ein entfernter Bekannter von mir und deshalb stand mein Entschluss, auf seiner ersten Vernissage zu erscheinen, schnell fest.

Mit unsicheren Schritten – meine Stilettos waren um eine Spur zu klein und zu hoch – überwand ich die letzten Meter zum Eingang der Ausstellung, die sich kurioserweise in den Räumlichkeiten des örtlichen Begräbnisinstitutes befand.

Mein Auftritt war perfekt. Die anwesenden Gäste verstummten und blickten mir nach, als ich mich gemessenen Schrittes auf Ferdi zu bewegte.

Er bemerkte mich nicht, zu vertieft war er in sein Gespräch mit einer unzufriedenen, dafür umso willigeren Hausfrau in den ewigen Mittvierzigern.

Der neue Künstler der Stadt hatte sich kaum verändert. Wie immer trug er sein grün-wollweiß gestreiftes Jackett, welches er aus den 70er-Jahren gerettet hatte. Das einzige Novum war der Lidstrich (in dezentem Moosgrün), der einem sofort ins Auge stach und zur Unterscheidbarkeit von den Normalsterblichen diente, wie er mir später erklärte.

Ich beschloss, mir zuerst seine Werke anzusehen und schlenderte durch die Räumlichkeiten, was aber nicht stressfrei vonstatten ging, denn hinter jeder Biegung und in jedem Raum lauerte eine aufgetakelte Angestellte, die mich fragte, ob ich an einem Grabstein Interesse hätte.

Aber wenigstens lenkten mich diese aufdringlichen Geschöpfe von den Bildern und Skulpturen meines Bekannten ab.

Statt Kunstwerken und einem neuen, frischen Stil konnte ich zu meinem Entsetzen nur stümperhafte Kopien von Meistern der Moderne erblicken.

Ferdi hatte sich auf das Objekt „Frau" konzentriert. Es gab kein einziges Werk mit dem üblichen Obst-Stillleben oder toten Tieren.

Ich dachte darüber nach, welche Frau sich dazu bereit erklärt hatte, für ihn Modell zu stehen. Es musste eine Dame (ich vermutete stark, dass es eine ebenso frustrierte, wildgewordene Hausfrau sein musste wie jene, mit der Ferdi sich immer noch angeregt unterhielt) fortgeschrittenen Alters sein, denn jedes Mädchen hätte sich geschämt, ihre Körperbehaarung in derart üppiger, unrasierter Art und Weise zu präsentieren.

Angewidert wandte ich mich ab und suchte Rettung bei einem Glas Rotwein.

Als Ferdi sich mir näherte, mir mit säuselnder Stimme in mein Ohr flüsterte: „Schnucki, dich tät ich auch gern mal nackert malen", und mich mit lüsternen Blicken vom Scheitel bis zu den Zehen taxierte, ergriff ich die Flucht.

„Heimat, bist du großer Söhne", murmelte ich, als ich unter Schmerzen nachhause ging, und hatte dabei einen bitteren Nachgeschmack im Mund.

Die Unruhe

Sie ist meine jüngste Bekanntschaft. Eine große, dünne Person im engen Rock und Frack, mit langem, zerrauftem Haar und Händen mit langen, zartgliedrigen Fingern.

Sie ist der Sprache zwar mächtig, zieht es aber vor, in meinem Kopf zu hocken und dort irr herumzuflüstern. Lange hält die Unruhe es aber nie in meinem Kopf aus. Vielmehr wandert sie ruhelos durch meinen ganzen Körper, führt einmal meine Hand zum Mund, um mich zum Nagelbeißen zu verführen oder lässt mich zu einer Zigarette greifen, die mir dann wie ein rettender Anker zum Festhalten erscheint, was eigentlich nur darauf zurückzuführen ist, dass die Unruhe, egal, wo sie sich gerade aufhält, in Verbindung mit meinem Kopf bleibt, dem sie, so scheint es, ununterbrochen sinnlose Wortfetzen und Satzfragmente zuflüstert, die sich erst dort verdichten und zu logisch erscheinenden, wenn auch irrsinnigen Gedanken werden.

Anfangs war mir dieses Flüstern lästig, ich zog die Stille, die früher herrschte, vor, aber heute genieße ich, objektiv betrachtet, dieses Gefühl der Unruhe – obwohl es mir manchmal fast körperliche Schmerzen bereitet –, jage den abstrusen Tönen, Fragmenten von Sätzen, Wörtern, Gedankengängen nach, die ich, die Unruhe, scheinbar unbemerkt von mir selbst in meinem Kopf platziert habe und die ich natürlich nie zu erhaschen im Stande bin.

So weitet sich mein Gehirn aus zu einem unermesslichen Raum – leer, schmutzig grau, eine riesige Fabrikshalle, erleuchtet durch Neonlampen, von denen einige bereits ausgebrannt sind, andere unruhig flackern, ohne ersichtlichen Rhythmus, und nur wenige permanent ihr grelles Licht aussenden –, in dem ich eingeschlossen bin, bis ich den Sinn in den Worten, die aus scheinbar tausenden Lautsprechern strömen, gefunden habe, der aber, wie ich schon vor langer Zeit begriffen habe, nicht existiert und auch nie existiert hat.

Diese ruhelose Suche nach dem Sinn in meinem Kopf drückt sich durch Nicht-Stillsitzen-Können, ruheloses Umherwandern und fahrige Körperbewegungen aus.

Mein Drang, innerlich und äußerlich zur Ruhe zu kommen, mich endlich wieder einmal ausruhen zu können, bleibt unbefriedigt. Einerseits, weil die Unruhe es mir schier unmöglich macht, einen klaren Gedanken zu fassen, andererseits, weil ich mich bereits an dieses sinnlose Suchen nach einem nicht vorhandenen Sinn gewöhnt habe und es mir einen – wenn auch kleinen – Rückhalt bietet.

Haben Sie nun den Eindruck gewonnen, die Unruhe, diese Frau mit dem langen Haar und den zartgliedrigen Fingern, sei eine gefährliche Person – ein in letzter Instanz tödlich wirkender Aspekt meiner Persönlichkeit –, die man, um meinen Seelenfrieden wieder herzustellen, mundtot machen müsste; vielleicht an einem Stuhl festbinden und knebeln, oder, noch besser, gleich einer Hexe am Scheiterhaufen verbrennen, so muss ich Sie eines Besseren belehren.

Die Unruhe, dieses zarte, nervöse Persönchen, würde mir nie Böses wollen, vielmehr bewahrt sie mich davor, untätig und lethargisch herumzusitzen und der Zeit beim Verrinnen zuzuhören. Man könnte fast meinen, sie würde, zwar mit etwas skurril und abstrus anmutenden Mitteln, aber doch wie eine liebsorgende, mütterliche Figur, peinlich darauf bedacht sein, mich vor präzisen und höchstwahrscheinlich auch sehr schmerzhaften Gedankengängen zu beschützen, mich ihnen nicht hilflos auszuliefern und darauf zu warten, dass ich entweder an ihnen zerbreche, oder, wider Erwarten, doch fähig bin, mich wieder aufzuraffen und mein inneres Gleichgewicht wiederzufinden.

Die Unruhe umarmt mich, hüllt mich ein wie ein Mantel, eine Decke, eine zweite Haut, die all das, was um mich geschieht, dämpft, mich davor zu schützen versucht.

Was aber passierte, wenn die Haut zu eng würde, meinen Körper wie eine Plastikschicht umgäbe, luftdicht und undurchsichtig? Würde ich nicht ersticken in meiner gefilterten Welt, in der ich gefangen wäre – allein mit dem Flüstern in meinem Kopf?

Die Unruhe ist ein Zyklop, der mich lieb gewonnen hat, und der mich, auch oder vor allem aus Eigennutz beschützen möchte, aber mich dadurch nur dem Tode näher bringt.

Ich sollte mich, im eigenen Interesse, von ihr, der Unruhe, lösen. Aber ist die Zeit dafür schon reif?

normalität

6-finger-joe
der wunderbar klavier spielen könnte
sich aber in ermangelung passender handschuhe den
überschüssigen finger abhackte

franziska, die früher immer mit sich selbst
duette sang
heute aber im irrenhaus sitzt
weil sie ihrem zweiten kopf die zunge herausriss

und peter, der heute viel geld als sportler
verdienen könnte
hätte er sich nicht in eigenarbeit
sein drittes bein amputiert

na ja – und daun bin do nu i
i kaun ma leida nix mehr wegschneidn
wäu normaler werd i weng dem
a nimma

Exotisches Essen

N. war entzückt, als sie die Einladung zu einem exotischen Essen bei ihren Freunden (sie waren erst kürzlich von Malaysia nach Europa gezogen) in ihrem Briefkasten vorfand.

Die Veranstaltung sollte bereits diesen Abend stattfinden, deshalb verbrachte sie den Nachmittag damit, sich zu frisieren und dem Anlass entsprechend herzurichten.

Pünktlich um 19.30 Uhr klingelte sie an der Tür des Ehepaares und wurde auch sogleich hereingebeten.

Ein verlockender Duft ließ ihr das Wasser im Munde zusammenlaufen und gerne kam sie der Einladung nach, an der festlich gedeckten Tafel Platz zu nehmen.

Der offerierte Aperitif steigerte ihren Appetit fast ins Unermessliche.

Endlich war es so weit. Die Speisen wurden aufgetragen. Ein wahres Feuerwerk von Farben und Düften eröffnete sich N.'s Sinnen. Staunend betrachtete sie die Vielzahl an bunten Speisen und bewunderte die üppige Dekoration auf Tisch und Tellern.

Bedächtig breitete sie die Serviette auf ihrem Schoß aus und wartete auf den Gong, der den Beginn des Diners einläuten sollte.

Endlich ertönte dieser und hallte in ihrem Bauch wieder – dies war vielleicht nur Einbildung oder lag daran, dass sie extra den ganzen Tag über nichts gegessen hatte, um ihre Gastgeber nicht wegen zu geringem Appetits zu verärgern.

Sie nahm die Stäbchen in die Hand, um gleich darauf einen Schock zu erleiden: Die vermeintlichen Stäbchen waren nämlich keine solchen, sondern entpuppten sich als getrocknete Fadenwürmer. Stoisch, sich nichts anmerken lassend, versuchte sie, das leuchtend rote, körnige Etwas darauf zu schaufeln.

Sie schloss die Augen, denn der Gedanke, gleich ein ehemals lebendiges Wesen an ihre Lippen zu führen, ließ ihren Magen rebellieren.

Doch die Rettung folgte auf den Fuß. Da die aufmerksamen Gastgeber bemerkten, wie sehr N. sich innerlich gegen das Esswerkzeug sträubte, legten sie ihr mit freundlichem Lächeln, wie es in jenem Kulturkreis üblich war, Gabel und Messer hin.

Dankbar nahm sie an und sah darüber hinweg, dass die Farbe des Bestecks vor lauter Schmutz kaum noch zu erkennen war. Ein bisschen Dreck schadet schließlich nicht dem Magen und war immer noch besser als die toten Würmer.

Erneut belud sie nun ihre Gabel, die Geschmacksknospen bereit für die Speise, und nahm einen Bissen.

Die Frage, ob es ihr mundete, konnte sie beim besten Willen nicht beantworten, da ihr einerseits der Atem stockte und andererseits der Geschmack des Chili alles andere überdeckte. So würgte sie ein einsilbiges „Mmh" hervor.

Nachdem N. den Bissen hinuntergeschluckt hatte, machte sich in ihrer Speiseröhre und dem Magen eine unheimliche Hitze breit. Ihr kam es vor, als befände sich in ihrem Körper ein Foltermeister, der sie mit glühenden Eisen traktierte.

Dank ihrer guten Erziehung ließ sie sich jedoch nichts anmerken und aß tapfer den ganzen Teller auf.

Nach dem nächsten Gang, einer Suppe (die genauso scharf war wie das erste Gericht, aber eine Spur Kurkuma erahnen ließ, und die, ganz nach malaysischer Tradition ebenfalls mit Stäbchen gegessen wurde, wobei es die gute Sitte verlangte, dabei zu schlürfen und zu schmatzen, als gäbe es kein Morgen mehr), hatten N.'s Freunde eine ganz besondere Überraschung für sie.

Um sich an die europäischen Gepflogenheiten anzupassen, hatten sie ein typisch österreichisches Gericht zubereitet: Schweinsbraten.

Dankbar und innerlich jubelnd vernahm sie die Nachricht und obwohl sie eine tiefe Abneigung gegen jenes fettige Fleisch hatte, freute sie sich aufrichtig darauf.

Doch als er serviert wurde, fielen ihr schier die Augen aus dem Kopf – das Fleisch war gelb, schwamm in einer undefinierbar braunen Soße und sah nur sehr entfernt aus wie das, was die Europäer landläufig Schwein nennen. Das einzige, das an diesem Gericht normal aussah, war das Kartoffelpüree. Deshalb entschied sie, sich bei einem Bissen Kartoffelbrei auf den Kampf gegen das Fleischstück vorzubereiten.

Doch das war ein großer Fehler. Denn was sie nicht wusste, war, dass jenes Püree in Wirklichkeit gar kein solches war, sondern nur aus zermahlenen gelben Pfefferonischoten, gewürzt mit etwas Curry, bestand.

Um sich Linderung zu verschaffen, aß sie hastig einen Brocken von dem Brot, das neben ihrem Teller lag, doch irgendwie wunderte es sie gar nicht mehr, dass auch dieses mit Cayenne-Pfeffer verfeinert worden war.

Resigniert gab N. auf. Um ihre Freunde, die bereits argwöhnisch zu ihr blickten, nicht vollends vor den Kopf zu stoßen, meinte N., dass sie lieber diesen Gang auslassen wollte, um noch genügend Platz für das Dessert zu haben.

Durch diesen geschickten Schachzug hatte sie nun auch die Gelegenheit, die beiden beim Essen zu beobachten. Und was sie sah, versetzte sie in Angst und Schrecken:

N. konnte sehen, wie sich die beiden genüsslich Chilischoten in allen Farben und Formen als Geschmacksverstärker roh in den Mund steckten und auch tatsächlich aßen! Abgerundet wurde ihr Mahl von einigen Schlucken Tabasco, den sie jedoch nicht pur genossen, sondern mit einigen Spritzern Limone entschärften. Allein von dem Anblick wurde N. heiß und sie spürte wieder das Sodbrennen, das sich in ihr ausgebreitet hatte und bald auch ihr Gehirn erreichen würde, um dort ihren letzten Funken Verstand zu verbrennen.

Begleitet wurde dieses Ritual von unheimlichen Grunz- und Schmatzlauten, die eher zu einem wilden Tier als zu ihren Freunden gepasst hätten. Je länger N. die beiden anblickte, umso mehr kroch das Grauen ihr Rückgrat hoch.

Die Gesichter ihrer Gastgeber hatten nichts menschenähnliches mehr an sich, glichen jenen von Schweinen, und unwillkürlich musste sie an H. G. Wells „Die Insel des Doktor Moreau“ denken. Schweiß trat auf N.'s Stirn. Hastig sprang sie von ihrem Stuhl auf, murmelte eine Entschuldigung und dass sie unmöglich länger bleiben könne.

Freundlich lächelnd kam die Dame des Hauses auf sie zu. Erst jetzt bemerkte N. die überdimensional langen Fingernägel, die zu langen Spitzen zurechtgefeilt worden waren.

Auch der Mann näherte sich ihr. Nahe einer Ohnmacht entdeckte sie, dass anstatt seines linken Armes eine Furcht erregende Krebsschere aus dem Ärmel seines weiten Rockes schaute.

Immer näher kamen die beiden. N.'s Versuch zu fliehen scheiterte kläglich. Sie sah sich außer Stande, sich auch nur einen Zentimeter zu bewegen.

Immer noch mit einem freundlichen Lächeln auf den Lippen erkundigten sich ihre Freunde besorgt nach ihrem Zustand.

„Ich liebe exotisches Essen, Ban-ban", sagte mein Freund am nächsten Tag zu seiner Frau, „aber am allerliebsten mag ich europäisch", als er die dampfende Schüssel mit dem Fleisch auf das Stövchen am Tisch stellte.

Mann auf der Flucht

„Ob ich nervös bin? Wie kommen Sie denn darauf, mein Herr? Ach, Ihnen ist aufgefallen, dass ich nicht im Stande bin, ruhig auf meinem Sitz zu warten, bis der Zug ankommt, und ich die ganze Zeit über fanatisch an meinen Nägeln kaue? Sie haben Recht, mein Herr. Ich bin nervös, sehr sogar. Habe auch allen Grund dazu ... Wissen Sie, ich bin nämlich auf der Flucht. Wie? Nein, nein, wo denken Sie hin, mein Herr? Sehe ich etwa aus wie ein Verbrecher? Eben. Nein, ich bin ein ehrlicher Mensch, trotzdem ...

Nein, nein, Sie treten mir damit nicht zu nahe, überhaupt nicht. Bin gerne bereit, ein paar Minuten mit Ihnen zu plaudern, das habe ich früher auch gerne gemacht ... Aber ich schweife ab, entschuldigen Sie, mein Herr. Wie gesagt, ich bin auf der Flucht, schon seit 10 Jahren. Ja, Sie haben richtig gehört, 10 Jahre. Heute ist es genau 10 Jahre her, dass sich mein Leben von Grund auf änderte ... Mein Verfolger ist hartnäckig, kennt mich in- und auswendig, ist im Stande, mir überall hin zu folgen. Er findet immer meine Spur ... Zur Polizei? Mit Verlaub, mein Herr, wüsste ich, dass auch nur die geringste Chance auf Frieden bestünde, ich ginge zur Polizei, längst schon wäre ich dort gewesen. Aber glauben Sie mir, meinen Verfolger kann nichts aufhalten, nicht einmal mein Tod. Es gibt kein Entrinnen. Wo ich mich auch verstecke, er findet mich immer. Manchmal dauert es etwas länger, aber es ist unmöglich, vor ihm auf Dauer sicher zu sein ...

Tja, mein Herr, wie sieht er aus? Ich fürchte, dass das schwierig zu erklären sein dürfte ... Natürlich, Sie haben Recht, mein Herr, man kann alles beschreiben, wenn man sich nur anstrengt ... Es ist nett von Ihnen, dass Sie mir helfen wollen, nach meinem Verfolger Ausschau zu halten, aber ich bezweifle, dass Sie mir dabei behilflich sein können. Trotzdem vielen Dank.

Wie er nun aussieht? Gar nicht. Ich weiß, dass Sie das nicht verstehen können, aber ... Es tut mir Leid, mein Herr, ich habe leider keine Zeit mehr, mit Ihnen zu plaudern, ich spüre ihn kommen, wünsche Ihnen alles Gute, auf Wiedersehen!"

Mit diesen Worten stürzte der Mann, der auf der Flucht vor sich selbst war, aus der Wartehalle hinaus in das nächtliche Unwetter.

Die Strafe Gottes

Manche Menschen bestraft der liebe Gott. Einfach so. Ohne dass sie irgendetwas getan haben. Ein Wahnsinn!

Ich rede hier nicht von Kuhmilchallergie, verkrüppelten Armen und Beinen oder von mir aus Blindheit – mit diesen Sachen kannst du fertig werden.

Ich spreche von der schlimmsten Strafe überhaupt: der Nichtraucher-Krankheit. Es ist nämlich ein Leichtes, keine Milchprodukte zu essen oder mit nur einem Bein durchs Leben zu gehen. Dem Rauch der Zigaretten-, Zigarren- oder Was-auch-immer-Lobby zu entgehen ist unmöglich!

Rudi ist ein solches Opfer. Mit seinen 61 Jahren ist er nur noch ein Schatten seiner selbst und Schuld an allem ist nur das Rauchen.

Seit 50 Jahren leidet er an Asthma – hervorgerufen durch seine Mutter, die die Angewohnheit hatte, ihrem Sohn einen Gute-Nacht-Kuss zu geben, nachdem sie eine Zigarette geraucht hatte.

Rudi hatte Schwierigkeiten, Arbeit zu finden – oder fällt dir auf die Schnelle ein Arbeitsplatz ein, an dem Rauchen strikt verboten ist? Am ehesten wahrscheinlich noch in einer Zigarettenfabrik, doch dazu konnte er sich beim besten Willen nicht überwinden.

So trat er seine erste Stelle in einem Chemielabor an. Einerseits super, weil Rauchen verboten, aber die giftigen Dämpfe sind halt auch nicht das Wahre ...

Rudi trug einen Lungenschaden davon, zog sich eine Sehschwäche zu und auch der olfaktorische Sinn wurde in Mitleidenschaft gezogen. Nur sein Rauchmelder blieb intakt.

Nach 20 Jahren kündigte er, fand jedoch nirgendwo mehr eine Anstellung.

Mit der Zeit hatte sich sein Leiden nämlich verschlimmert. Er roch die Zigaretten, auch wenn sie gar nicht brannten. In seiner Not bewarb er sich sogar als Rauchwaren-Spürhund am Zollamt, wurde aber nicht genommen, da er nicht dem Anforderungsprofil entsprach. An seiner statt bekam ein heruntergekommener Schäferhund die Stelle. Damals war das halt noch nicht so mit der Gleichberechtigungsquote, Diskriminierung stand auf der Tagesordnung.

Seither schlug er sich mit Gelegenheitsjobs durch, immer auf der Suche nach dem perfekten rauchfreien Job.

Heute ist Rudi ein gebrochener Mensch. Er hat kaum noch Kontakt zur Außenwelt. Er verträgt den Rauch an öffentlichen Plätzen nicht, auch der Geruch der Kleidung macht ihm zu schaffen.

Und so sitzt er alleine in seinem Haus, weitab gelegen, der nächste Nachbar wohnt 5 km entfernt.

Ah ja, ich vergaß: Bei der letzten Vorsorgeuntersuchung diagnostizierte man bei Rudi Lungenkrebs im Endstadium. Die Ärzte geben ihm noch zwei Wochen.

Bleibt nur noch zu hoffen, dass der liebe Gott nicht auch Raucher ist …

herz

als wir uns
nicht mehr verstanden
und uns
nichts mehr zu sagen hatten
zerriss es mir fast das herz

als mir klar wurde
was ich dir zugefügt hatte
an
schmerz und leid
und du dein lachen
an die finsternis verlorst
bekam es einen sprung

als ich dich anblickte
mit augen, deren tränen
meine geschichte erzählten
und du die deinen
abwandtest

zersprang es

Singin' Superstar

Der Saal brechend voll, blickt die Menge irritiert umher, als plötzlich die Musik verstummt und der Discjockey seinen Platz verlässt.

Scheinwerfer erhellen eine behelfsmäßig aus alten Brettern zusammengeschusterte Bühne.

17 leicht bekleidete Girlies beginnen zu kreischen, als ER die Bühne betritt.

ER, der begnadete Sänger, lässt den Blick über die Menge gleiten und legt los. Er weiß, dass dies ein unvergesslicher Abend werden wird. Immer wieder ruhen seine Augen auf seinen Fans in der ersten Reihe.

Die vierte Nummer ist ein „Dosenöffner", ein uralter Liebeslied-Oldie. Die Stimmung brodelt, seine Groupies winden ekstatisch ihre Körper und der Rest des Publikums verrenkt den Hals, um einen Blick nach vorne zu erhaschen.

Der „Meister der Stimme", wie er sich selbst gern nennt, spielt mit der Menge – himmelhoch jauchzend, zu Tode betrübt – entlockt er ihr jede nur erdenkliche Stimmung, seine nun bereits halb nackten Fans stacheln ihn zu Höchstleistungen an.

Nie wird er erfahren, dass Party, Gäste und Groupies von einer guten Freundin engagiert worden waren ...

He must be die

„He must be die!“, schrie der Profiwrestler in das ihm vor die Nase gehaltene Megamikro, bevor er sich durch die Gummiseile, die den Ring begrenzten, quetschte, um seinen alles entscheidenden Kampf zu kämpfen.

Pastinakenzyklus

„In meinem nächsten Leben will ich als Pastinake wieder geboren werden," sprach der alte Mann, „sonst verklage ich euch alle und du, mein Sohn, wirst enterbt!", dann starb er.

Der Sohn lebt heute unter Mäusen und Ratten in einer ehemals roten Gemüsekiste – der Vater hatte es nur zu einer Gurke gebracht.

Der blond gelockte Jüngling setzte sein strahlendstes Zahnpastalächeln auf und stierte blöde in die Kamera.

Mit kokettem Augenaufschlag kündigte er seine Glanznummer an – falschen Hasen an Pastinakensud – das Einzige, zu dem er mit seinen 37 Jahren fähig war.

Die Pastinake ist ein wahrlich bedauernswertes Geschöpf. Ein Zwitterwesen, mit undefinierbarem Geschmack zwischen gekochten Petersilwurzeln und zähen Möhren. Ihr einziger bemitleidenswerter Lebenszweck besteht darin, Speisen mit ihrem undefinierbaren Geschmack zu versauen und debilen Köchen zu vermeintlichen kulinarischen Höhenflügen zu verhelfen.

Jugendliebe

Stefanie war hochzufrieden, als sie – es dämmerte bereits – die Tür zu ihrer Wohnung aufschloss.

Es hatte sich also wieder einmal gelohnt, eine dreiviertel Stunde eher aufzustehen und die Zeit dazu zu nützen, eine Extraschicht Make-up aufzutragen.

Stefanie war Schülerin, besuchte eine Fachschule für Kochen und Tourismus. Doch die Schule interessierte sie nicht besonders; viel attraktiver erschien es ihr, stattdessen ihre kostbare Zeit woanders zu verbringen: im Café am Stadtplatz nämlich.

Genau das – oder besser gesagt, der Chef ebendieses Kaffeehauses – war auch der Grund, weshalb sie des Öfteren auch mehr Zeit für das Schminken aufwendete.

Genauso auch an jenem Tag. Stefanie hatte beschlossen, dass Mathematik und all die anderen, angeblich für das Leben so „wichtigen" Dinge weitaus nicht so wichtig wären wie er. Pünktlich zum Aufsperren stand sie bereit; eine strahlende Schönheit mit kurzem Rock (eher ein Fetzen Stoff, der nur dürftig ihre knackigen Rundungen bedeckte) und hautengem, bauchfreiem Top in Leopardenoptik, unter dem ein knallroter, um eine Nummer zu kleiner BH hervorblitzte.

Und es hatte sich gelohnt: Der Chef lud sie zu Tequila (ihr Lieblingsgetränk, das sie zu jeder Tages- und Nachtzeit trinken konnte) und zwei Partien Billard ein.

Stefanie hatte sich in ihn verliebt, als sie ihn zum ersten Mal gesehen hatte.

Für einen Augenblick schien die Welt stillzustehen, sie hörte nicht das Gegröle der an der Bar sitzenden Gewohnheitstrinker und das etwas heruntergekommene Interieur des Lokals erstrahlte auf einmal in einem besonderen Glanz.

Seit jenem Tag besuchte sie ihn jeden Tag und mit jedem Mal, das sie ihn sah, wuchs ihre Liebe. Dass es mit ihren schulischen Leistungen rapide bergab ging, machte ihr nichts aus, denn in Gedanken sah sie sich bereits mit ihrem Liebsten in einer kleinen, eigenen Bar in der Südsee arbeiten. Und wer fragt dort schon nach einer Ausbildung?

Und auch er musste etwas für sie empfinden, warum sonst sollte er sie immer einladen? Bei den anderen Gästen tat er das nie ...

Nach und nach wurden die beiden immer vertrauter miteinander. Und eines Tages war es so weit: Sie schwebte auf Wolke sieben, denn er hatte mit ihr geschlafen. Völlig unerwartet, nach der Sperrstunde, auf dem Tischfußballtisch. Nun war sie eine echte Frau.

Es störte sie nicht, dass er um einiges älter war als sie und auch sein siebenjähriger Sohn und die Lebensgefährtin waren in ihren Augen kein Hindernis. Schließlich hatte er ihr versprochen, sich zu trennen und mit ihr irgendwo im Süden eine neue Existenz aufzubauen.

Heute hat Stefanie eine Ansichtskarte bekommen. Sie ist von ihm. Aus der Südsee. Unter Tränen und ihren kleinen Sohn auf dem Arm liest sie:

„Ciao Steffi, danke übrigens für den geilen Fick, hab' jetzt eine Bar auf den Bahamas. Viel Spaß noch, Jörg!"

Illustre Runde

Den Champagnerkelch in seiner linken und die obligatorische Pfeife in der rechten Hand, lehnte X. lässig in der Tür und erwartete mich bereits.

„Bitte die Fußbekleidung im Flur ablegen – es sei denn, sie sind, wie meine, aus dem Hause Zeholetti und aus handgegerbtem Hermelinleder." Leider konnte ich da mit meinen Deichmann-Halbschuhen nicht mithalten und entledigte mich ihrer deshalb.

„Du bist die Erste, die anderen kommen etwas später. Nimm doch Platz und delektiere dich an einem Cocktail." Erst lange nach diesem Besuch erfuhr ich, dass es in jenen Kreisen zum guten Ton gehört, nicht zum angegebenen Zeitpunkt zu erscheinen.

Neugierig blickte ich mich um in dem großen Haus. Ich war mir sicher, dass nichts (nicht einmal der natürlich elfenbeinbesetzte Zahnstocherhalter) einen Wert unter 1000 Euro haben könnte.

Nach und nach trudelten die anderen Partygäste ein und endlich, nach zwei Stunden, war die illustre Runde vollzählig.

Feierlich wurde das Buffet eröffnet. Kaviar gab es da und Lachsbrötchen, Hirschaspik mit Wachteleiern, Safrancreme, Granatapfel-Jungwildschweinbraten und viele Köstlichkeiten mehr, aus allerlei exotischen Ingredienzien zubereitet.

Natürlich war nichts von alledem selbst gemacht, sondern wurde beim renommiertesten Koch der Stadt bestellt.

Genauso erlesen wie die kleinen Imbisse waren auch die Gäste – die Gattin eines Marine-Offiziers, der seit einiger Zeit auf Honolulu stationiert war, ein aufsteigender Basketballstar samt Dauerfreundin, deren Aussehen und Verhalten frappant jenem der Königspudeldame glich, die sie im Arm hielt.

Weiters ein Jungschauspieler, der in Vorbereitung für seine nächste Rolle nur stumm leidend in einer Ecke saß, ein Jetsetter in Begleitung einer exotischen Schönheit, die weder unserer noch sonst einer uns bekannten Sprache mächtig war.

Und natürlich, wie konnte es anders sein, ein Homosexueller, der in puncto Stil und Understatement allen anderen haushoch überlegen war.

X., der Gastgeber, schlug einen überdimensionalen Gong, wie es sie in den Klöstern in Tibet gibt, und bat uns, Platz zu nehmen, denn es sei nun Zeit für etwas gepflegte Konversation.

Wir nahmen Platz auf unbequem aussehenden Elfenbeinstühlen und ich wurde gebeten, den Anfang zu machen. Irgendetwas musste ich wohl falsch verstanden haben, denn beim Versuch, über Politik, Religion, Philosophie zu reden, erntete ich nur verständnislose Blicke. Auch andere Themen wie Bücher, Filme und Allgemeines entlockten ihnen nur ein Stirnrunzeln.

Da ich nun nicht mehr weiter wusste, begab ich mich mit der Entschuldigung, dass ich mir die Nase pudern müsste, auf die mit Halbedelsteinen gekachelte Toilette.

Als ich einige Minuten später wieder zu den anderen stieß, war das Gespräch bereits in vollem Gange.

Nun wunderte mich nicht mehr, dass sie nicht auf meine Themen angesprungen waren – über Brüste wurde hier gesprochen, echte wie silikonunterstützte, Penisse, Gegen-den-Wind-Pissen, Saufen, Fressen und Geschlechtsverkehr in allen möglichen und unmöglichen Variationen.

Alkohol floss nun in Unmengen; man begann, Strippoker zu spielen, bei dem selbst der leidende Jungmime live dabei war.

Einen plötzlichen Anfall von Migräne vortäuschend, verabschiedete ich mich; und nicht gerade verdrossen darüber, wohl nie zur Hautevolee zu gehören, bestieg ich das bereits wartende Taxi.

Nichts

„Rette mich vor mir selbst!“, flehte das Nichts. Doch die Menschheit stürzte sich in seinen Sog – froh, endlich einen Weg gefunden zu haben, allen Problemen aus dem Weg gehen zu können.

Das Mysterium der Damenhandtaschen

Wissen Sie, meine Herren, wie man Frauen auf den ersten Blick richtig einordnen kann, ohne auch nur ein Wort mit ihnen gewechselt zu haben?

Richtig, an den Handtaschen in all ihren Ausformungen. Hier ein kleiner Überblick:

1. die Sportlich-Robuste

Sie trägt aus Prinzip nur Eastpak-Nierentascherl, um beide Hände frei zu haben – entweder, um ihre Nordic-Walking-Stöcke richtig im Griff zu haben oder um sich besser um ihre Kinder kümmern zu können.

Die Gürteltasche beherbergt meist eine Geldbörse mit Klettverschluss, eine Packung Hofer-Taschentücher sowie billige Zigaretten und eine Ansammlung von Feuerzeugen.

2. die Alternative

Sie geht nie außer Haus ohne ihren Dritte-Welt-Laden-Leinenrucksack – es sei denn, ein Kleinkind baumelt an einem Tragetuch auf ihrem Rücken.

Ergründet man die Tiefen ihres Utensiliensackes, so findet man unter anderem Bio-Müsliriegel ohne Zucker und Geschmack, einige Damenbinden, unzählige Flugblätter, die sie von Menschen verschiedenster Glaubensrichtungen in die Hand gedrückt bekam, und nicht zu vergessen ein Feng-Shui-Set, ohne das sie nie das Haus verlässt.

3. die Tussi

Erkennbar ist die Tussi an der winzig kleinen Handtasche, die entweder in Beige, Rosa oder sonst einer trendigen Modefarbe gehalten ist und am besten aus Lackleder gefertigt wurde. Und genau das, was in ihrem Handtäschchen ist, spiegelt auch das wider, was so den ganzen Tag durch ihren Kopf geistert:

zwei Lippenstifte, ein Puderdöschen, ein Stringtanga zum Wechseln und genügend Zettelchen mit ihrer Telefonnummer.

4. die Extravagante

Sie ist leicht zu erkennen, denn ihre Handtaschen sind meist sehr auffällig und kurios. So braucht es Sie nicht zu verwundern, wenn an ihrer Schulter ein schwarzes Plüschschaf baumelt.

Genauso merkwürdig mutet für manchen auch der Inhalt an: So findet man alte Eintrittskarten fürs Kino, Rechnungen, Briefe, mehrere Kugelschreiber und meist auch einen Notizblock und ein kleines Taschenbuch.

„Normale" Dinge, welche Damen für gewöhnlich mit sich herumtragen, wird man bei der Extravaganten kaum finden.

5. die feine Dame

Bei ihr hat es den Anschein, als würde sie ihr gesamtes Leben in ihre Tasche gepackt haben. Es gilt eine einfache Regel: je feiner die Dame, umso größer die Handtasche, am liebsten von Prada oder einer anderen Designer-Nobelmarke.

Genauso edel ist auch das Füllmaterial: mindestens ein Parfümflakon – obere Preisklasse –, ein Spitzen-Stofftaschentuch, eine Puderdose. Und nicht zu vergessen das goldene Zigarettenetui mit eingraviertem Monogramm sowie eine stets wohlgefüllte Geldbörse.

Natürlich gibt es noch viele verschiedene Spielarten und Varianten, doch diese fünf Typen sind die gängigsten. Sehr geehrte Herren, ich hoffe, ich konnte mit meiner kleinen Ausführung ihren Horizont erweitern.

Waidmanns Heil!

sterne

ich blickte hinauf zu den sternen, die zu verstehen ich nicht fähig
war und schickte dir meine träume, nacht für nacht.
eines abends jedoch konnte ich sie durchschauen:
die sterne waren nichts anderes als unglückliche menschenseelen,
die all ihre träume bereits verschenkt hatten.
als mir dies bewusst wurde, löste mein geist sich auf
und auch ich wurde zu einem stern,
der nichts anderes mehr tun konnte, als für dich zu leuchten
und zu hoffen, dass du mich in ihm erkennen würdest
und mir einen gedanken schenktest, um mich zu erlösen.

Eine wahrlich glückliche Beziehung

Martina frohlockte innerlich an diesem Morgen, als sie bei ihrem Fit-in-den-Tag-Frühstück saß und über ihr bisheriges Leben nachdachte.

Seit einem knappen Jahr war sie in einer mehr oder weniger glücklichen Beziehung. Ihr Lebensgefährte war eine gute Wahl gewesen. Groß, blond und blauäugig.

Mario war Leistungssportler (Walking hat sich in den letzten Jahren zu einer ernst zu nehmenden Sportart entwickelt) und gehörte zu den Allerbesten seiner Klasse.

Die beiden hatten sich kennen gelernt, als Martina ihm – aus Versehen natürlich – mit dem Fahrrad voll in die Seite gekracht war.

Glücklicherweise war ihr nichts passiert, doch Mario hatte einige Abschürfungen und blaue Flecken davongetragen.

Und das war der Beginn ihrer Liebe.

Natürlich musste Mario noch grundlegend umerzogen werden, langsam gewöhnte sie ihm das Fortgehen ab. Auch der Freundeskreis änderte sich – weg von seinen Freunden und hin zu den ihren.

Gleich in der ersten Woche ihres Beisammenseins stellte sie ihn ihren Eltern vor, die natürlich vollauf begeistert von ihm waren.

Leider gab es da auch einige Punkte, die ihr schwer im Magen lagen. So weigerte sich Mario beispielsweise standhaft, mit ihr zusammenzuziehen. Er zog es vor, bei seiner verwitweten Mutter wohnen zu bleiben. Und das mit seinen knapp 30 Jahren!

Auch das Walken wollte er nicht einschränken, ging jede Woche seine Rennen und trainierte jeden Tag mehrere Stunden lang. Zwar versuchte Martina verzweifelt, ihn davon zu überzeugen, dass es einem Mann wie ihm besser anstünde, einen ordentlichen Beruf auszuüben und nicht diesem lächerlichen Bubentraum nachzuhängen, doch Mario wollte einfach nicht hören.

Nur einmal hatte sie das Thema Heiraten auf den Tisch gebracht, doch es nicht zu erwähnen wäre besser gewesen. Denn eine Heirat kam für ihn auf gar keinen Fall in Frage. Er meinte, dass er sich nicht so fest binden wollte und außerdem, was wäre, wenn sie sich eines Tages auseinander leben sollten? Er wäre wirklich nicht daran interessiert, für sie Unterhalt zu bezahlen.

Martina war damals in Tränen ausgebrochen. Konnte oder wollte er denn nicht verstehen, dass es ihr nie in den Sinn kommen würde, sich von ihm zu trennen, wenn sie erst einmal mit ihm verheiratet wäre?

Kinder, Kochen und ein bisschen Selbstverwirklichung war alles, was sie wollte, nebenbei versorgt von dem Mann, den sie für sich auserkoren hatte. Doch auch hier machte er ihr gnadenlos einen Strich durch die Rechnung: Für den Fall, dass er sich jemals für das Eheleben entscheiden sollte, meinte er, müsste seine Ehefrau genauso arbeiten gehen wie er selbst, denn er war nicht interessiert an der Rolle des alleinigen Ernährers.

All das musste Martina erst einmal verdauen.

Trotz alldem weiter an ihrem Liebesnest herumwerkelnd (sie wusste irgendwie, dass er früher oder später doch noch seine Meinung über das Zusammenleben ändern würde), tüftelte sie an einer neuen Strategie.

Drei Wochen später war es dann so weit: Eine runderneuerte Martina ward geboren. Ihr Haar hatte nun denselben Farbton wie jenes seiner Mutter, die damenhaften Kleidungsstücke hatte sie ganz hinten in einer Schachtel in ihrem begehbaren Kleiderschrank verstaut und trug nur noch Transtex-Sportlersuits – vorzugsweise in schickem Marineblau (seiner Lieblingsfarbe).

Und auch sonst hatte sie sich verändert. Anstatt Shopping- standen nun Bergtouren auf dem Programm, sie ging mit Mario ins Fitnesszentrum und war zu jeder sportlichen Schandtat mit ihm bereit. Die regelmäßigen Muskelkater, Abschürfungen und sogar eine Prellung nahm sie gerne auf sich.

Und die Taktik schien Wirkung zu zeigen: Mario wurde zusehends zutraulicher – mittlerweile ging er sogar schon Händchen haltend mit ihr durch diverse Sportgeschäfte.

Das Thema Vermählung ließ sie wohlweislich auf sich beruhen und Martina beklagte sich auch nicht mehr darüber, dass er an den Abenden vor jedem Rennen nicht mit ihr schlafen wollte.

Lange hatte sie dieses Spiel mitgemacht und ausgehalten, doch damit, dachte sie an jenem Morgen zufrieden, ist jetzt Schluss!

Denn Martina ist schwanger.

Ganz plötzlich ist es passiert, vergisst sie nie hinzuzufügen, trotz Antibabypille, wenn sie mit jemandem darüber spricht.

Mario hatte die freudige Nachricht nicht besonders begeistert aufgenommen. Er warf ihr vor, die Pille nicht regelmäßig eingenommen zu haben, was sie jedoch eisern bestritt und irgendwann (nachdem er einige Tage nicht erreichbar gewesen war) hatte er sich damit abgefunden und der Gedanke an ein Kind – Mario junior, denn er war sicher, dass Martina einen Sohn zur Welt bringen würde – gefiel ihm sogar.

So sitzt Martina nun im Kaffeehaus, denn Sport darf sie ja nun nicht mehr betreiben und erzählt jedem, der es hören will, von ihrem Glück.

Nun hat sich also doch noch alles zum Guten gewendet: Kind unterwegs, die Hochzeit bereits in Planung (schließlich soll das arme Würmchen ja nicht in eine wilde Ehe geboren werden) und noch diese Woche wird Mario zu ihr übersiedeln.

Natürlich ist es tragisch, dass er nun seinen Traumberuf leider aufgeben muss und auch sonst die meisten seiner Prinzipien, doch daran wird er sich ganz sicherlich auch noch gewöhnen.

Die Tatsache, dass sie einige Male nicht daran gedacht hat, die Pille zu nehmen, behält sie jedoch wohlweislich für sich.

Und außerdem, so wichtig ist es ja nun auch wieder nicht, wie dieses von Gott gesandte Geschenk zu Stande gekommen ist.

Denn schon ein altes Sprichwort sagt: „Jeder ist seines Glückes Schmied!"

Haben Sie jemals „Alle meine Entchen“ in Moll gesungen?

Es gibt Zeiten, in denen sich selbst die fröhlichsten Lieder wie Trauermärsche anhören und alle Versuche, meine Traurigkeit mit einem Kinderlied zu verscheuchen, daran scheitern, dass nur Molltöne und Dissonanzen aus meinem aufgerissenen Mund quellen.

Meine liebste Freundin

„Duhuuuu, Schatzi", flötete mir mein Liebster zu, als er von einem Extreme-Mountainbiking-Trainingscamp zurückkam. „Duhuuu, du kannst wirklich stolz auf mich sein, ich habe jemandem dabei geholfen, sein Seelenheil wieder zu finden!"

Milde lächelnd ermunterte ich ihn, die Geschichte doch in aller Ausführlichkeit zu erzählen.

„Weißt du, das Lieserl war total fertig, weil ihr Freund sie immer geschlagen hat.

Ich hab ja zuerst gar nix gesagt, aber sie ist zu mir gekommen und hat mich gefragt, ob ich sie trösten könnte, weil ich sooo verständnisvoll aussehe."

Im ersten Moment wusste ich nicht, ob ich amüsiert oder alarmiert reagieren sollte, entschied mich dann aber, nach einem kurzen Blick in das selige Gesicht meines Liebsten, für Ersteres. „Das hat mich nämlich wirklich gefreut, dass das Lieserl so viel Vertrauen zu mir gehabt hat." Sein Gesicht wurde ernster und fast ängstlich meinte er: „Wenn ich jetzt weitererzähle, darfst du aber nicht schimpfen, das musst du mir versprechen!"

Da ein einziges Versprechen nicht ausreichte, gab ich ihm das große Indianerehrenwort.

„Das ist nämlich so", druckste er herum. „Das Lieserl ist recht sensibel und eine ganz Liebe und Nette. Außerdem war sie total fertig wegen ihrem Freund, der war ja auch wirklich gemein zu ihr! So was hat kein Mädel verdient und überhaupt eigentlich gar niemand. Aber vor allem für eine Frau ist das schlimm, weil die kann sich ja nicht wehren und so."

Nach einem kurzen Blick in mein Gesicht und einer kunstvollen, spannungsaufbauenden Pause setzte er seinen Bericht fort.

„Auf jeden Fall", seufzte er, „war sie am Boden zerstört, hat gar nicht mehr zu weinen aufgehört und da hab ich sie halt in den Arm genommen – und stell dir vor: Es ist ihr dann auch wirklich gleich besser gegangen! Und als ich dem Lieserl dann vorgeschlagen hab, dass sie, wenn es ihr ganz schlecht geht, zu uns kommen kann, ist sie mir überglücklich um den Hals gefallen!"

Natürlich hörten wir nichts mehr vom „armen Lieserl" – bis gestern.

Mein Liebster bereitete sich gerade mental auf das jährliche Mountainbike-Event unserer Heimatstadt vor, als plötzlich jemand seine schweißnassen Hände auf meine Schultern legte.

„Da ist ja meine liebste Freundin", jauchzte das Lieserl. Ihre Stimme bohrte sich in mein Gehirn und meine Alarmglocken begannen zu schrillen. Ich drehte mich um und meine schlimmsten Befürchtungen bestätigten sich.

Das „arme Lieserl" entpuppte sich als ehemalige Arbeitskollegin, deren Lieblingsbeschäftigung darin bestanden hatte, hinter meinem Rücken Gerüchte und Geschichten über mich zu verbreiten.

„Das freut mich aber wirklich, dass du dein Leben jetzt wieder im Griff hast."

In Gedanken zerkratzte ich ihr das durch Schlupflider verunstaltete Gesicht.

„Und wie war das noch, du warst ja mal mit dem einen aus der anderen Abteilung zusammen. Komisch, aber immer, wenn er von dir erzählt hat, sagte er nur ‚mein Mädl' und nie deinen Namen ...

Außerdem seid ihr ja auch nicht wirklich lange beisammen gewesen und man munkelt, dass du ihn psychisch belastet hättest."

Plötzlich winkte sie mir mit Händen zu, die an ihrer Schulter befestigt zu sein schienen.

„Du warst wirklich meine liebste Freundin!", flötete sie noch ein letztes Mal, bevor sie Arm in Arm mit ihrem neuen Gefährten davonhüpfte.

nachtfahrt

schnell zieht die nacht an mir vorbei, nur durchbrochen durch einige
lichter; die beruhigende tatsache,
dass außerhalb des zuges die welt noch existiert.
ein gesicht blickt mir aus dem fenster entgegen:
blass, ernst. es ist mein eigenes, doch erscheint es mir,
als wäre es eine fremde, die mich anklagend anstarrt.
ich blicke tief in die augen meines gegenübers, verliere mich in dieser
nachtblauen tiefe, ertrinke in dem unergründlichen ozean der
schwermut, die meine gedanken erstarren lässt.
ist es der dunkle abgrund, der mich in seinen bann zieht
oder das halbmondne weiß?
eine große leere oder die hoffnung auf einen funken menschlichkeit?
der zug rast weiter durch die dunkelheit, während meine gedanken
gleich dem rauch der zigarette ornamente zeichnen,
um sich dann im nichts zu verlieren. die bleierne schwere
der müdigkeit senkt sich auf meine lider, doch etwas lässt mich
nicht zur ruhe kommen. es ist mein spiegelbild, welches mir,
blicke ich zu ihm hin, meine seele zu rauben scheint.
der verzweifelte versuch, mich von ihm abzuwenden, scheitert.

Unschuld

Ein leeres Blatt Papier ist immer ein guter Start für einen Neuanfang. Doch in Zeiten von Umweltschutz und Recycling kann niemand mit Sicherheit sagen, was dieses Blatt bereits erlebt hat und ob es wirklich noch so blütenweiß ist, wie es vorzugeben versucht.

träume

wenn die sterne ihren kalten glanz zu mir senden
und ihr licht eine melodie singt, die nur ich verstehe;
wenn das wasser fließt und die felsen in den himmel wachsen;
wenn das dunkel der nacht den zarten duft des leides verströmt;
wenn der wind, in seinen letzten zügen liegend,
ein letztes mal seine sattrote färbung ausstrahlt
und wenn die schlafenden bäume ihren großen traum weben,
sich leise wiegend, komme ich zu dir.
das kühle grün meiner seele legt sich auf deine bleiernen lider,
ihr leuchten erhellt dir den pfad durch das traumlose labyrinth
deines schlafes, ihre musik zeigt dir den weg zu dem ort,
an dem ich auf dich warte – jenseits allen denkens,
auf der der vernunft abgewandten seite des seins, wo nur existiert,
was wir erträumen, und wo jeder gedanke mehr bestand hat
als die wirklichkeit.
wir schicken unsere träume zu den körpern, die wir auf der erde
zurückließen – träume, die hier unsere wirklichkeit sind.

Erotisches Intermezzo im Café

„Ich bin schon drin", in ihr Handy zirpend, sitzt die Teenager-Schönheit im kurzen fusselfarbenen Mini und durchfallbraun-wollweißem Karo-Rolli im Kaffeehaus in nervöser Erwartung ihres Adonis.

Mit einem schmachtvollen Lächeln beobachtet sie ihn, als er, schon leicht peinlich berührt, mit der Glastür kämpft.

„Nein, ich bin noch nicht lange da", flötet sie mit einem kurzen Blick auf die Swatch-Armbanduhr, die ihr bestätigt, dass 40 Minuten eigentlich ja eh recht schnell vergehen können.

Schon sind die beiden ins Gespräch vertieft.

Sie geben ein wirklich schönes Paar ab, auch äußerlich. Mit seinem himmelblau-weiß karierten Pullunder und der – typisch für intellektuelle Knaben aus gutem Hause – Schnürlsamthose in Beige ist er ihr perfektes Gegenstück.

Beide scheinen nervös zu sein, doch auch das im Einklang: sie mit den perlmuttfarbenen, abgebissenen Fingernägeln im Make-up-zubetonierten Gesicht trommelnd und er zu einem imaginären Musikstück mit beiden Füßen den Takt trappelnd.

Ein leises Lachen ertönt, bei dem ihre Augen ein kleines Stück weit aus den Höhlen treten. Hoffentlich ist ihr Galan nicht zu witzig, sonst landen ihre hübschen braunen Kuhaugen noch in der Frittatensuppe, welche eben serviert wurde.

Die beiden verstehen sich blendend, doch niemand bringt den Mut auf, dem anderen zu sagen, dass man ihn mag. Deshalb lässt man den Körper sprechen.

Die Art, in der sie die einzelnen Frittaten in den Mund saugt und überstehende mit den Fingern liebevoll auf den Löffel legt, mutet für den Beobachter vielleicht etwas ungelenk an, doch er versteht ihre Botschaft.

Den Caffè Latte (ganz bewusst hat er ihn bestellt, ein subtiles Zeichen seiner Gefühle für sie), der nicht den Weg in den Mund findet, sondern entlang der Mundwinkel rinnt und dann von seinem

Kinn tropft, wischt er mit dem Handrücken ab, um diesen wenig später abzulecken.

Das Trappeln und Trommeln verstärkt sich und erreicht seinen Höhepunkt, als die beiden den wohlmeinenden Blick eines anderen Gastes bemerken.

Verträumt blickt sie ihrem gegen die ach so tückische Glastür kämpfenden Schatz nach und eine Frittate, letzter Zeuge des erotischen Intermezzos, sich von ihrem Kinn lösend, platscht in den Suppenteller.

Lonesome Cowboy

Lonesome Cowboy
Dieter Bohlen
reitet spät durch Nacht und Wind
in engen Hosen
und
80er-Jahre-Frauenfrisur

kämpfen

beim kampf gegen mich selbst ging ich eindeutig
als verlierer hervor.

Zurück zu den Wurzeln

„Heuer hab ich etwas ganz Besonderes mit dir vor", eröffnete mir mein Freund beim Abendessen. „Einen richtig urigen Urlaub, nicht das übliche Im-Hotel-Wohnen und Am-Strand-zwischen-fetten-Touristen-Liegen – nein, dieser Urlaub wird etwas Einzigartiges sein. Ohne Zimmer, ohne Komfort, nur du und ich, allein auf uns gestellt."

Mit erwartungsvollem Blick sah er mich an.

Mein Freund wusste, wie sehr ich mir so etwas wünschte. Bilder tauchten in meinem Kopf auf: ein einsames Plätzchen an einem See, ein Zelt und weit und breit keine Menschenseele. Romantisch würde es sein, am Abend am Lagerfeuer zu sitzen und gemeinsam die Sterne anzusehen.

Ich fragte ihn, wohin wir fahren würden, doch er lächelte nur verschmitzt und meinte, dass dies eine Überraschung wäre.

Also packten wir unsere Sachen und fuhren los. Ich war ganz aufgeregt und konnte es kaum erwarten, bis wir endlich da wären.

Meine Überraschung kannte keine Grenzen, als er, nur wenige Kilometer von unserem Zuhause entfernt, in einen Campingplatz einbog.

Zusammengepfercht, inmitten von grölenden Jugendlichen, verzweifelten Eltern und weinenden Kindern schlugen wir unser Zelt auf.

Es war genau das, was ich mir gewünscht hatte: hunderte Touristen, am Morgen aufs Klogehen warten müssen, um dann, unter Brechreiz, die total versaute Toilette benutzen zu können, lärmende Partys hinein bis in die frühen Morgenstunden – kurz gesagt, meine Idealvorstellung eines Urlaubes.

Als es am dritten Tag Gott sei Dank zu regnen begann, fuhren wir wieder nachhause.

„Du Schatzi", meinte mein Freund auf dem Nachhauseweg, „für die nächsten Ferien hab ich mir auch schon etwas überlegt!"

Zeit

zähflüssig verrinnt die Zeit
langsam, doch
unerbittlich
nimmt sie alles mit sich fort
wie ein reißender Fluss
gräbt sie sich ihren Weg
durch
die Gesichter der Menschen

zivilisation

als ich den zarten duft deiner augen nicht mehr sah und die musik,
die deine haut verströmte, nicht mehr roch ...
als dein haar nicht mehr tanzte und deine stimme einfach an mir
abperlte, fühlte ich mich besser, denn nun warst auch du,
genau wie ich, endlich zu einem verantwortungsvollen menschen
geworden, der perfekt hineinpasste in diese zivilisierte welt.

Heilung

„Ich höre Stimmen“,
sagte der Taube
und horchte angestrengt
in die Stille,
die ihn umgab.

„Ich sehe Gestalten“,
sagte der Blinde
und sah mit starren Augen
in das Nichts,
das ihn umgab.

Da kamen die netten Männer
mit den hübschen weißen Jacken
und brachten die beiden
– nachhause.

Ihr neuer Vater
wollte nur das Beste für sie
und wirklich:
Bald hörten sie keine Stimmen
und sahen keine Gestalten mehr,

denn

sie lagen nur da –
mit offenen Mündern
und stieren Blicken –
niedergespritzt
und
festgeschnallt

– geheilt.
Geheilt?

Traum von Liebe

Andreas Gerhartl

„Traum von Liebe" ist ein Gedichtband, dessen zentraler Inhalt in einer Auseinandersetzung mit dem Thema Liebe besteht. Dabei wird auf die verschiedenen Phasen der Liebe eingegangen und es wird das Spektrum der damit einhergehenden – gegensätzlichen – Gefühle beschrieben. Jeder Mensch – egal in welcher Phase des Liebens und Lebens er sich befindet – kann ein passendes und ihm tief aus der Seele sprechendes Gedicht in Gerhartls Texten entdecken.

ISBN 3-902514-22-1 · Format 13,5 x 21,5 cm · 172 Seiten · € 15,90

Häppchen zwischendrin

Angelika Ingram

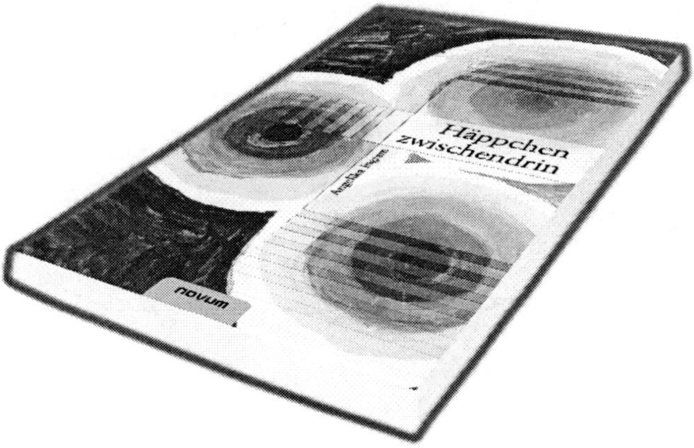

Kurze Gedichte – Gedanken übers Leben – legt uns Angelika Ingram als „Häppchen zwischendurch" vor. So mancher findet weder Zeit noch Muße, einem langatmigen Text zu folgen, und doch brauchen wir hin und wieder einen kleinen Denkanstoß im Alltag, etwas zum Schmunzeln oder eine nette Geschichte. Es lohnt sich von Zeit zu Zeit die Perspektive zu ändern, das Leben wieder aus der Sicht der Kinder zu sehen, oder über unseren Sinn auf Erden nachzudenken.

ISBN 3-902514-23-X · Format 13,5 x 21,5 cm · 116 Seiten · € 14,90

novum
VERLAG

Mit Herz und Feder

Monika Nassauer

Ein Regenbogen der Gefühle und der Versuch mit Bild und Wort das Auge und die Seele zum Träumen und Verstehen zu verleiten.

All dies verbirgt sich hinter diesen Seiten.

Die Gedichte sind aus dem Leben gegriffen, handeln von Liebe, Geburt, Tod, unnötiger Eile, Vorurteilen. Sie sind von der Autorin wie biografisch und mit viel Einfühlungsvermögen geschrieben. Alle regen zum Nachdenken und zum Träumen an.

Stimmungsvolle Zeichnungen der Autorin schmücken diesen eindrucksvollen Lyrikband.

ISBN 3-900693-85-4 · Format 13,5 x 21,5 cm · 62 Seiten · € 12,90